【周国平 作品】

成长是一件
孤独的事

周国平 著

中国青年出版社

# 目录

序言 / 认识你自己

## 01 致唯一的你
### 为生命立言

- 014 时间和永恒
- 022 灵魂是一个游子
- 027 爱生命
- 035 生命在说什么
- 042 信仰的奇迹——
  读周国忠《弟弟最后的日子》
- 047 正视死亡
- 051 论死亡
- 054 和命运结伴而行

## 02 致焦虑的你
### 内心的安宁

- 062 对自己的人生负责
- 067 正确的财富观
- 073 优秀第一,成功第二
- 078 论简单生活
- 083 快乐工作的能力
- 088 最合宜的位置
- 091 做人和做事
- 095 成功的真谛
- 097 谈钱
- 105 处世之道

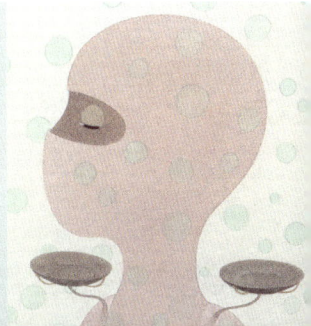

## 03 致脆弱的你
### 接受不完美

- 110 把经历变成财富
- 113 苦难
- 119 宽容人性的弱点
- 124 悲观·执著·超脱
- 130 承受不幸
- 134 论嫉妒
- 138 论自卑
- 141 悔恨、内疚和自欺

## 04 致沉默的你
### 人群中取暖

- 146 交往的界限
- 149 己所欲，勿施于人
- 154 沟通的必要和限度
- 159 论友谊
- 163 角色
- 168 论超脱
- 176 论人生
- 185 舆论和名声

## 05 致孤独的你
### 内心的秩序

- 190    论孤独
- 204    论独处
- 212    春节，把心静下来
- 220    做自己的忠实朋友
- 223    丰富的安静
- 226    记住回家的路
- 229    自我二重奏

## 06 致亲爱的你
### 爱情的高贵

- 242    论爱
- 252    爱情的质量
- 255    爱的距离
- 260    伴侣之情
- 264    婚姻：为爱筑一个好巢
- 270    婚姻中的爱情
- 275    我眼中的好女人
- 281    欣赏另一半
- 284    爱情的容量

序言 / 认识你自己

## 1

一个灵魂在天外游荡,有一天通过某一对男女的交合而投进一个凡胎。他从懵懂无知开始,似乎完全忘记了自己的本来面目。但是,随着年岁和经历的增加,那天赋的性质渐渐显露,使他不自觉地对生活有一种基本的态度。在一定意义上,"认识你自己"就是要认识附着在凡胎上的这个灵魂,一旦认识了,过去的一切都有了解释,未来的一切都有了方向。

## 2

人人都在写自己的历史,但这历史缺乏细心的读者。我们没有工夫读自己的历史,即使读,也是读得何其草率。

## 3

"认识你自己!"——这是铭刻在希腊圣城德尔斐神殿上的著名箴言,希腊和后来的哲学家喜欢引用来规劝世人。对这句箴言可作三种理解。

第一是人要有自知之明。这大约是箴言本来的意思,它传达了神对人的要求,就是人应该知道自己的限度。希腊人大抵也是这样理解的。有人问泰勒斯,什么是最困难之事,回答是:"认识你自己。"接着的问题:什么是最容易之事?回答是:"给别人提建议。"这位最早的哲人显然是在讽刺世人,世上有自知之明者寥寥无几,好为人师者比比皆是。看来苏格拉底领会了箴言的真谛,他认识自己的结果是知道自己一无所知,为此受到了德尔斐神谕的最高赞扬，被称作全希腊最智慧的人。

第二种理解是，每个人身上都藏着世界的秘密，因此，都可以通过认识自己来认识世界。在希腊哲学家中，好像只有晦涩哲人赫拉克利特接近了这个意思。他说："我探寻过我自己。"还说，他的哲学仅是"向自己学习"的产物。不说认识世界，至少就认识人性而言，每个人在自己身上的确都有着丰富的素材，可惜大多被浪费掉了。事实上，自古至今，一切伟大的人性认识者都是真诚的反省者，他们无情地把自己当作标本，藉之反而对人性有了深刻而同情的理解。

第三种理解是，每个人都是一个独一无二的个体，都应该认识自己独特的禀赋和价值，从而实现自我，真正成为自己。这种理解最流行，我以前也常采用，但未必符合作为城邦动物的希腊人的实情，恐怕是文艺复兴以来的引申和发挥了。

# 4

在一定意义上，可以把"认识你自己"理解为认识你的最内在的自我，那个使你之所以成为你的核心和根源。认识了这个东西，你就心中有数了，知道怎样的生活才是合乎你的本性的，你究竟应该要什么和可以要什么了。

然而，最内在的自我必定也是最隐蔽的，怎样才能认识它呢？各种宗教有静修内观的功夫，对于一般人来说，那毕竟玄了一点。而且，内观的对象其实不是上述意义的自我，而是这自我背后的东西，例如，在佛教是空，在基督教是神。

我觉得我找到了一个认识自我的方便路径。事实上，我们平时做事和与人相处，那个最内在的自我始终是在表态的，只是往往不被我们留意罢了。那么，让我们留意，做什么事，与什么人相处，我们发自内心深处感到喜悦，或者相反，感到厌恶，那便是最内在的自我在表态。就此而论，知道自己最深刻的好恶就是认识自我，而一个人在这个世界上倘若有了自己真正钟爱的事和人，就可以算是在实现自我了。

01

# 致唯一的你
## 为生命立言

每个人都只有一个人生,
她是一个对我们从一而终的女子。
我们不妨尽自己的力量引导她,
充实她,
但是,
不管她终于成个什么样子,
我们好歹得爱她。

# 时间和永恒

## 1

人生的秘密尽在时间,在时间的魔法和骗术,也在时间的真相和实质。时间把种种妙趣赐给人生:回忆,幻想,希望,遗忘……人生是过于依赖时间了,但时间本身又是不折不扣的虚无,是绝对的重复,是人心的一个虚构。哲学中没有比这更难解开的鬼结了。

## 2

我的一切都存在时间那里,花掉了不少,还剩下一些,可都是支取的同时就花掉,手上什么也没有。

## 3

有时候,我觉得我已经活了很久很久,我的记忆是一座复杂的迷宫。有时候,我又觉得我的生活昨天才开始,我的记忆是一片空白。我知道,这种矛盾的感觉会延续到生命的终结。

记忆是我们体悟时间的唯一手段,可是谁能够从记忆中找出时间的刻度呢?

## 4

假如一个人不知道自己的年龄,他能否根据头脑里积累的印象来判断这个年龄呢?几乎不可能。有的人活了很久,印象少得可怜。有的人还年轻,印象却很丰富了。如此看来,寿数实在是无稽的。我比你年轻十岁,假定我们将在同日死,即我比你短十年寿。但此时此刻,我心灵中的体验和大脑中的印象比你丰富得多,你那多活了的十年对于你又有什么意义呢?它们甚至连记忆也不是,因为抽象的绝对时间是无法感受因而也无法记忆的,我们只能记住事件和印象。于是,只剩下了一个"多活十年"或"早生十年"的空洞的观念。

难怪柏格森要谈"绵延的自我",难怪克尔凯郭尔要谈"存在的瞬间"。

## 5

每当经过我居住过的房屋或就读过的学校,我总忍不住想走进去,看看从前的那个我是否还在那里。从那时到现在,我到过许多地方,有过许多遭遇,可是这一切会不会是幻觉呢？也许，我仍然是那个我，只不过走了一会儿神？也许，根本没有时间，只有许多个我同时存在，说不定会在哪里突然相遇？

总有一天，我要对时间的魔幻作用作出哲学的解说，如不能，就作出文学的描述。

## 6

我想起一连串往事。我知道它们是我的往事，现在的我与那时的我是同一个我。但我知道这一点，并非靠直接的记忆，而是靠对记忆的记忆，记忆的无限次乘方。记忆不断重复，成了信念，可是离真实事件愈来愈远，愈来愈间接了。自我的统一性包含着这种间接性的骗局。

## 7

当我们回忆往事的时候，心灵中总是会出现自己的形象，我们看见自己在某个情境中做某件事。可是，我们真实的眼睛是看不见自己的形象的。那看见自己的形象的眼睛早已不是我们自己的真实的眼睛，而是代表着愿望和舆论的虚构的见证。

记忆是一种加工。一件往事经过不断回忆，也就是经过不断加工，早已面目全非了。

## 8

少年人前面的光阴和老年人背后的光阴长度大致相等。但是,少年人往往觉得前面有无限的光阴,老年人却觉得背后的光阴十分有限。

## 9

年轻人没有什么可回忆,于是就展望。老年人没有什么可展望,于是就回忆。

## 10

逝去的事件往往在回忆中获得了一种当时并不具备的意义,这是时间的魔力之一。

## 11

年龄就像面孔一样,自己是看不到的,必须照镜子,照见了的也只是一种外在的东西。

我不接受年龄就像有时不接受我的面孔一样。

## 12

历史是民族的记忆。民族和人一样,只记住自己愿意记住的事情。

## 13

无数岁月消失在无底的黑暗中了。可是,我们竟把我们可怜的手电灯光照及的那一小截区域称作历史。

## 14

人生的每一个瞬间都是独特的重复。

## 15

时间就是生命,时间是我们的全部所有。谁都不愿意时间飞速流逝,一下子就到达生命的终点。可是大家似乎又都在"消磨"时间,也就是说,想办法把时间打发掉。如此宝贵的时间似乎又是一个极其可怕的东西,因而人们要用种种娱乐、闲谈、杂务隔开自己与时间,使自己不至于直接面对这空无所有而又确实在流逝着的时间。

## 16

我时刻听见时间的流逝声。这使我与自己的任何眼前经历保持了一段距离,即使在情绪最亢奋时,也对自己的痛苦和欢乐持一种半嘲讽、半悲悯的态度。我既沉溺,又超脱。我常常大悲大欢,但在欢乐时会忽生悲凉,在痛苦时又有所慰藉。我的灵魂不是居于肉体之中,而是凌驾肉体之上,俯视这肉体的遭际。我降生得不完全,有一半留在天堂,于是这另一半也就不能在尘世安居,常常落入地狱。

## 17

人类为何要执拗地寻求一种超越时间和空间的本体（梵、太一、道、理念……）呢？为了摆脱自我的局限性。正是在时间和空间中，人的个体生命的存在才显出了它的渺小和空幻。

## 18

人生活在时间和空间的交叉点上，向两个方向瞻望永恒，得到的却永远只是瞬息。

## 19

希腊人有瞬时，中世纪人有永恒。现代人既没有瞬时，也没有永恒，他生活在两者的交接点上——生活在时间中。

瞬时和永恒都是非时间、超时间的。时间存在于两者的关系之中。

## 20

有两种还原。

每一个当下的生命状态都是独一无二、不可重复的，但是人却要把它们削齐拉平，整理归类，还原为无个性的概念。结果是扼杀了这些独特的生命状态。

另一种还原正是出于对独特的生命状态的珍视，既然每一个当下的生命状态都会消逝,而人无论如何不愿失去它们,于是竭力要把它们与某种终极价值联系起来。

科学上的还原是把瞬时平均化,哲学上的还原是把瞬时永恒化。

## 21

人有两种冲动。一种是审美的冲动,陶醉于当下瞬时的独特感受。一种是形而上的冲动,渴望永恒。每一个大哲学家、大艺术家的伟大就在于,以一种独特的方式沟通了这两种冲动。

每一个当下的生命状态的意义就在于其不可重复性,但人还是要寻找一种使这一切不可重复的个别状态不致失落的恒在的意义。正因为珍惜瞬时,一心挽住瞬时,人才渴求永恒。

然而,瞬时不可挽留,永恒不可企及,这是艺术与哲学的共同悲哀。

## 22

思得永恒和不思永恒的人都是幸福的。不幸的是那些思而不得的人。

但是,一个寻找终极价值而终于没有找到的人,他真的一无所获吗?至少,他获得了超越一切相对价值的眼光和心境,不会再陷入琐屑的烦恼和平庸的忧患之中。

不问终极价值的价值哲学只是庸人哲学。

## 23

"超越"一词用得愈来愈滥了。其实,按其本义,"超越"是指摆脱人类的根本局限性,达于永恒和绝对。可见,只有在宗教和艺术的幻想中,才可认真谈"超越"。在现实中,只能谈"超脱",即彻悟人类的根本局限性,对暂时和相对的人生遭际保持心理距离。

## 24

一切复活都在回忆中,一切超越都在想象中。

## 灵魂是一个游子

如果你吃了一顿美餐,你会感到快乐。是什么东西在快乐呢?当然,是你的身体。如果你读了一本好书,听了一支优美的乐曲,看到了一片美丽的风景,你也会感到快乐。是什么东西在快乐呢?显然不是身体了,你只好说,是你的心灵、灵魂感到了快乐。

你犯了胃疼,你摔了一跤,你被虫子蛰了一口,你的身体会受到疼痛的折磨。可是,当你失恋了,你的亲人去世了,你想到了自己有一天会死,或者你遭到了不义的事情,是你的哪一部分在痛苦呢?当然,又是灵魂。

看起来,人有一个身体,又有一个灵魂,它们是很不同的东西。有些哲学家否认人有灵魂,他们把灵魂说成肉体的一种功能。可是,如果没有灵魂,我们怎么解释上述种种精神性质的快乐和痛苦的根源呢?

灵魂是看不见、摸不着的,它不像眼睛、耳朵、四肢、胃、心脏、大脑那样是人体的一个器官。但是，根据人有着不同于肉身生活的精神生活，我们可以相信它是存在的。其实，所谓灵魂，也就是承载我们的精神生活的一个内在空间罢了。人的肉身是很实际的，它要生存，为了生存便要求温饱，为了生存得更好还要到社会上去奋斗，去获取名利地位。人的灵魂就不那么实际了，它追求的是理想，是诸如真、善、美、信仰、思想、艺术之类的精神价值。我们把这种对理想和精神价值的追求称作精神生活。如果一个人只知道吃睡和赚钱，完全没有精神生活，我们就会嘲笑他没有灵魂，认为他与动物没有多大区别。

　　灵魂好像永远不会满足于现状，它总是在追求一种完美的境界。这种对理想境界的渴望从何而来？当我们看到美的形象，听到美的音乐，我们的灵魂为何会感动和陶醉？一颗未被污染的淳朴的灵魂似乎自然而然地就喜欢美善的东西，讨厌丑恶的东西，它是怎么会具备这样的特性的？古希腊最伟大的哲学家柏拉图对此提出了一种解释。他推测，灵魂必定曾经在一个理想的世界里生活过，见识过完美无缺的美和善，所以，当它投胎到肉体中以后，现实世界里的未必完善的美和善的东西会使它朦胧地回忆起那个理想的世界，这既使它激动和快乐，又使它不满足而向往完美的美和善。他还由此得出进一步的结论：灵魂和肉体有着完全不同的来源，

【时间】

每当经过我居住过的房屋或就读过的学校,我总忍不住想走进去,看看从前的那个我是否还在那里。从那时到现在,我到过许多地方,有过许多遭遇,可是这一切会不会是幻觉呢?也许,我仍然是那个我,只不过走了一会儿神?也许,根本没有时间,只有许多个我同时存在,说不定会在哪里突然相遇?

肉体会死亡，而灵魂是不朽的。他的这个解释受到了后世许多哲学家的批评，被指责为神秘主义。使我感到奇怪的是，人们怎么没听出柏拉图是在讲一个寓言呢？他其实是想说，人的灵魂渴望向上，就像游子渴望回到故乡一样。灵魂的故乡在非常遥远的地方，只要生命不止，它就永远在思念、在渴望，永远走在回乡的途中。至于这故乡究竟在哪里，却是一个永恒的谜。我们只好用寓言的方式说，那是一个像天堂一样美好的地方。我们岂不是在同样的意义上说，灵魂是我们身上的神性，当我们享受灵魂的愉悦时，我们离动物最远而离神最近？

## 爱生命

### 1

热爱生命是幸福之本，同情生命是道德之本，敬畏生命是信仰之本。

人生的意义，在世俗层次上即幸福，在社会层次上即道德，在超越层次上即信仰，皆取决于对生命的态度。

### 2

生命是最基本的价值。一个简单的事实是，每个人只有一条命，在无限的时空中，再也不会有同样的机会，所有因素都恰好组合在一起，来产生这一个特定的个体了。同时，生命又是人生其他一切价值的前提，没有了生命，其他一切都无从谈起。

由此得出的一个当然的结论是，对于每一个人来说，生命是最珍贵的。因此，对于自己的生命，我们当知珍惜，对于他人的生命，我们当知关爱。

## 3

生命是宇宙间的奇迹,它的来源神秘莫测。是进化的产物,还是上帝的创造?这并不重要。重要的是用你的心去感受这奇迹。于是,你便会懂得欣赏大自然中的生命现象,用它们的千姿百态丰富你的心胸。于是,你便会善待一切生命,从每一个素不相识的人,到一头羚羊、一只昆虫、一棵树,从心底产生万物同源的亲近感。于是,你便会怀有一种敬畏之心,敬畏生命,也敬畏创造生命的造物主,不管人们把它称作神还是大自然。

## 4

生命是我们最珍爱的东西,它是我们所拥有的一切的前提,失去了它,我们就失去了一切。生命又是我们最忽略的东西,我们对于自己拥有它实在太习以为常了,而一切习惯了的东西都容易被我们忘记。因此,人们在道理上都知道生命的宝贵,实际上却常常做一些损害生命的事情。因此,人们为虚名浮利而忙碌,却舍不得花时间来让生命本身感到愉快,来做一些实现生命本身价值的事情。往往是当我们的生命真正受到威胁的时候,我们才幡然醒悟,生命不可替代的价值才凸现在我们的眼前。但是,有时候醒悟已经为时太晚,损失已经不可挽回。

## 5

自然赋予人的一切生命欲望皆无罪,禁欲主义最没有道理。我们既然拥有了生命,当然有权享受它。但是,生命享受和物欲是两回事。一方面,生命本身对于物质资料的需要是有限的,物欲决非生命本身带来的,而是社会刺激起来的。另一方面,生命享受的疆域无比宽广,相比之下,物欲的满足就太狭窄了。那些只把生命用来追求物质的人,实际上既怠慢了自己生命的真正需要,也剥夺了自己生命享受的广阔疆域。

## 6

生命所需要的,无非空气、阳光、健康、营养、繁衍,千古如斯,古老而平凡。但是,骄傲的人啊,抛开你的虚荣心和野心吧,你就会知道,这些最简单的享受才是最醇美的。

## 7

最自然的事情是最神秘的,例如做爱和孕育。各民族的神话岂非都可以追溯到这个源头?

## 8

从生命的观点看,现代人的生活有两个弊病。一方面,文明为我们创造了越来越优裕的物质条件,远超出维持生命之所需，那超出的部分固然提供了享受，但同时也使我们的生活方式变得复杂，离生命在自然界的本来状态越来越远。另一方面，优裕的物质条件也使我们容易沉湎于安逸，丧失面对巨大危险的勇气和坚强，在精神上变得平庸。我们的生命远离两个方向上的极限状态，向下没有承受匮乏的忍耐力，向上没有挑战危险的爆发力，躲在舒适安全的中间地带，其感觉日趋麻木。

## 9

生命是人存在的基础和核心。个人建功创业，致富猎名，倘若结果不能让自己安身立命，究竟有何价值？人类齐家治国，争霸称雄，倘若结果不能让百姓安居乐业，究竟有何价值？

## 10

每一个人对于自己的生命，第一有爱护它的责任，第二有享受它的权利，而这两方面是统一的。世上有两种人对自己的生命最不知爱护也最不善享受，其一是工作狂，其二是纵欲者，他们其实是在以不同的方式透支和榨取生命。

## 11

事实上，绝大多数人的潜能有太多未被发现和运用。由于环境的逼迫、利益的驱使或自身的懒惰，人们往往过早地定型了，把偶然形成的一条窄缝当成了自己的生命之路，只让潜能中极小一部分从那里释放，绝大部分遭到了弃置。人们是怎样轻慢地亏待自己只有一次的生命啊。

## 12

不论电脑怎样升级，我只是用它来写作，它的许多功能均未被开发。我们的生命何尝不是如此？

## 13

在事物上有太多理性的堆积物：语词、概念、意见、评价等等。在生命上也有太多社会的堆积物：财富、权力、地位、名声等等。天长日久，堆积物取代本体，组成了一个牢不可破的虚假的世界。

## 14

每个人都只有一个人生，她是一个对我们从一而终的女子。我们不妨尽自己的力量引导她，充实她，但是，不管她终于成个什么样子，我们好歹得爱她。

## 15

生命不同季节的体验都是值得珍惜的，它们是完整的人生体验的组成部分。一个人在任何年龄段都可以有人生的收获，岁月的流逝诚然令人悲伤，但更可悲的是自欺式的年龄错位。

【生命】

人来到世上，首先是一个生命。生命，原本是单纯的。可是，人却活得越来越复杂了。许多时候，我们不是作为生命在活，而是作为欲望、野心、称谓在活。不是为了生命在活，而是为了财富、权力、地位、身份、名声在活。这些社会堆积物遮蔽了生命，我们把它们看得比生命更重要，为之耗费一生的精力，不去听也听不见生命本身的声音了。

## 16

生命害怕单调甚于害怕死亡,仅此就足以保证它不可战胜了。它为了逃避单调必须丰富自己,不在乎结局是否徒劳。

## 17

生命平静地流逝,没有声响,没有浪花,甚至连波纹也看不见,无声无息。我多么厌恶这平坦的河床,它吸收了任何感觉。突然,遇到了阻碍,礁岩崛起,狂风大作,抛起万丈浪。我活着吗?是的,这时候我才觉得我活着。

## 18

有无爱的欲望,能否感受生的乐趣,归根到底是一个内在的生命力的问题。

## 19

情欲是走向空灵的必由之路。本无情欲,只能空而不灵。

## 20

生命与生命之间的互相吸引。我设想,在一个绝对荒芜、没有生命的星球上,一个活人即使看见一只苍蝇,或一只老虎,也会发生亲切之感的。

## 生命在说什么

要解读梁和平,一个核心的关键词是——生命。

很难遇见比和平生命力更旺盛的人了。他似乎有无穷的精力,永远不知疲倦,对一切都感兴趣。他的专长是即兴演奏,他的整个人就像是一种即兴演奏,他的生命总是处在现在进行时态。他随兴所至,或画画,或弹琴作曲,或带着一拨人疯玩,皆有精彩的表现。我们这一拨人有一阵经常进怀柔山里玩,艺术家居多,白天爬山嬉水,晚上长啸短歌,因为夜里睡炕,便戏称为炕联,和平是当然的主席——和当然的大厨。

电话铃响了,如果是和平打给我的,准保是两类事,不是发现了一个新的真理,就是发现了一个新的天才,在两种情形下他都激动不已。他在每一个狂人身上看见天才的影子,在每一个怪人身上欣赏生命的奇迹,对隐藏在社会各个角落里的一切特殊人群和特殊个体怀着无止境的爱。他比最敬业的记者更勤奋,在任何场合都举着摄像机,堆积了如山的资料，却始终没有工夫剪辑出一个成品。他绝对是"只知耕耘，不问收获"的模范，在过程中便得到了全部满足，完全不关心结果是什么。他的生命如同一道积聚了太多能量的激流，汹涌地朝各个方向泛滥，他自己也控制不了，好像也不想控制。用我这个吝啬人的眼光来看，有时会觉得这是一种浪费，不免要替他惋惜。

和平是音乐圈子里出名的思想家。我不是音乐圈子里的人，但我也承认他是思想家。他的头脑比他的身体更加闲不下来，时刻都在闪射思想火花，每个月都可能产生出一个新体系。他对思想的那份热情和执著，是我在许多以思想精英自命的人身上看不到的。我们的结识也是缘于思想，那是十八年前，他读了我刚出版的关于尼采的小册子之后感想万千，我们便在一位共同的朋友介绍下见了面。后来听他聊得多了，我就熟悉了典型的梁和平式思维，看似心血来潮的奇思异想往往来自长久的冥思苦想，在乍一听荒谬的论点背后也许隐藏着真知灼见。

和平想得多，谈论得多，却写得甚少。有时候，听他说得精彩，我会忍不住偷一点儿写进我自己的书里。比如这一段："我倾向于认为，一个人的悟性是天生的，有就是有，没有就是没有，它可以被唤醒，但无法从外面灌输进去。关于这一点，我的一位朋友有一个十分巧妙的说法，大意是：在生命的轮回中，每一个人仿佛在前世修到了一定的年级，因此，不同的人投胎到这个世界上来的时候，已经是站在不同的起点上了。已经达到大学程度的人,你无法让他安于读小学,就像只具备小学程度的人,你无法让他胜任上大学一样。"这里的"一位朋友"就是和平。和平一开口,此类妙语俯拾皆是,不捡白不捡。我常劝和平自己写点东西,一来是觉得流失了可惜,二来也暗含着让他提防如我一类君子窃取的用意。

其实和平很想写东西,他一直琢磨着要写一本书,书名也想好了,叫《生命宣言》。他总觉得自己笔杆子不行,要拉我合作,可是,看了他的一些文字,我相信他完全能够独力完成。倾听自己身上的生命在说什么,然后把听到的告诉人们,他做这件事十分得心应手。他身上有一个活泼的生命,那个生命总是在说着自己的各种感觉和需要,他只要随时把听到的记下来就行了。依我看,这是他作为一个思想家存在的最好方式。我要提醒他一点:他是一个思想家,但肯定不是一个理论家。每当和平试图把他的鲜活感受提升为无所不包的宇宙理论时,我就开始忧心忡忡,因为我知道,接下来我听到的不再是生命自己的朴素的声音了,而往往是我听不懂的东西,比如一些被他施了魔法的古老语词及其神奇的组合,我马上坠入了五里雾之中。

和平的思想瞬息万变,但忠于生命的立场始终如一,一贯热情洋溢地为生命辩护和呐喊。根据我的理解,他的哲学有两条最重要的原理。第一,对于人来说,生命是最高的、终极的价值,其余的一切,例如政治、经济、文化、科学、宗教等等，都不能代表也不能高于人的生命。第二，生命本身是一个内容丰富的组合体，包含着多种多样的需要、能力、冲动，其中每一种都有独立的存在和价值，都应该得到实现和满足。对于这两条原理，我是完全赞同的。当然，和平是有感而发的。在当今的时代，很少有人还记住这两个基本的道理了，与之违背的现象比比皆是。譬如说，其他种种次要的价值取代生命成了人生的主要目标乃至唯一目标，人们耗尽毕生精力追逐金钱、权力、名声、地位等等，从来不问一下这些东西是否使生命获得了真正的满足，生命真正的需要是什么。又譬如说，多少人的内在潜能没有得到开发，他们的生命早早地就纳入了一条狭窄而固定的轨道，并且以同样的方式把自己的子女也培养成片面的人。

我们不可避免地生活在一个功利的世界上，人人必须为生存而奋斗，这一点决定了生命本身的要求在一定程度上遭到忽视的必然性。可是，我们可以减少这个程度，为生命争取尽可能大的空间。其实，关键在于内在的生命本能是否足够强大，如果是，这样做也是必然的。和平就是这样做的，作为一个艺术家，他不是把艺术当作谋取世俗利益的手段，而是当作满足和发展生命多样化需要的途径。原初意义上的艺术本来就不是一种职业，而是生命的自由表达。和平经常说，艺术能够把人的生命内部的各个通道打通。对此我完全相信，使我深感遗憾的是，我自己由于从小缺少艺术活动，许多通道没有打通，成了某种程度的残疾人。当我置身在一群艺术家中间时,我不免自卑,无比羡慕人的身心能够如此自由解放。

不过,一个只为功利目的而学习和从事艺术的人同样可能是残疾人,当今许多父母正在千方百计地把自己的孩子培养成这样的残疾人。当然,我不否认,想必和平也不否认,对于一个职业艺术家来说,形式仍是重要的。如果说艺术是生命的自由表达,那么,艺术家的使命就在于为这一表达寻找最恰当的形式。

在市声尘嚣之中,生命的声音已经久被遮蔽,无人理会。在这个时候,有一个人大声疾呼,代生命立言。你们听到了吗?那么,让我们都安静下来,每个人都向自己身体和心灵的内部倾听,听一听自己的生命在说什么,想一想自己的生命究竟需要什么。

## 【无聊】

时间就是生命。奇怪的是,人人都爱惜生命,不愿其速逝,却害怕时间,唯恐其停滞。我们好歹要做点什么事来打发时间,一旦无所事事,时间就仿佛在我们面前停住了。我们面对这脱去事件外衣的赤裸裸的时间,发现它原来空无所有,心中隐约对生命的实质也起了恐慌。无聊的可怕也许就在于此,所以要加以排遣。

## 信仰的奇迹
——读周国忠《弟弟最后的日子》

我把自己关在屋子里,一口气读完了这部书稿。六个小时,我几乎没有离座。读到第九章,我再也克制不住眼泪,痛哭失声了。我痛哭,不只是悲伤,更是感动、崇敬,为生命能够如此尊严地面对死亡而自豪。

国忠啊,你的弟弟有一个多么高贵的灵魂,是一个多么伟大的生命。

周国忠的弟弟周家忠,三十八岁被查出肝癌晚期,四十一岁去世。在这本书中,国忠记述了弟弟最后三年的生死历程。他只是如实地记述,从病到死,一幕幕场景,弟弟是怎样表现的,他和亲属们是怎样表现的,不加任何修饰,正因此而有了一种震撼人心的力量。我们读到的绝不是一个通常的悲情故事,自始至终,我们的心被血浓于水的亲情所温暖,也被灵超乎肉的信仰所提升。

一般情况下,家里有人患了绝症,全家便会陷入惊慌和忙乱,病人则会陷入恐惧和绝望。在本书中,我们看不到这种情景。我们看到的是,作为长兄的国忠,虽然手足情深,无比悲痛,但是,在竭尽全力挽救弟弟生命的同时,他一开始就将病情据实相告,兄弟间围绕生死问题经常进行心灵的对话。我们还看到,生病的家忠,始终坚毅地忍受病痛,从容地面对死亡,他的坚毅和从容中充满神性。

信仰是会产生奇迹的。这奇迹,完全不是俗众所祈求的肉体不死,而是灵魂的觉醒。大病不死当然不是不可能,但是,倘若灵魂不觉醒,躲过了一劫的人迟早仍会在必将到来的死亡面前崩溃,这算什么奇迹呢。

"这个世界上没有一个人能留得下,医生也一样,都是一茬茬地走,这就是人类的总体结局。其实,想透了,活三年与活三百年也没有什么区别,生命的价值并不在于活得长短,而是在于活得有无意义、有无尊严,是否有内心的平安和永恒的生命。"这是家忠在去世前两个月对同室病友说的话。

"《传道书》里说过,'凡事都有定数,生有时,死有时',一切听凭神意,我相信我已得救并已永生。所以,你不要哭,也不要再为我担心。"这是家忠生命垂危、最后一次住院前对妻子的嘱咐,距去世十三天。

临终那一天,在最后清醒的时刻,家忠说的最后一句话是:"大哥,好了,我的重担卸下了。"

我还要继续摘引。家忠的彻悟是全面的,不限于看明白生死之理。请听他谈信仰:

"信仰不为你的人生提供地图,它只为你提供一个罗盘,让你用它修正方位,有一个正确的人生方向。"

"宗教要我们'信而见',而现实的人们却要'见而信'。自诩为万物之灵的人,总以为科学是万能的,一切都要看得见摸得着才相信,这种经验主义的思维行为武断地扼杀了灵魂深处无限的感知感应潜力,既是十分局限的,也是十分功利的。科学永远无法发现、求证创造的全部奥秘,这里面存在着创造与被造之间的极度不对称,就像一台机器永远无法知道是谁造了它,为什么要造它,造了它派什么用场一样。"

请听他针砭当今的世态人心:

"人生如浮萍,人们活着却争天夺地,甚至你死我活,好像赢得了一切,又似乎一无所获。稀里糊涂结了账,实在是愚昧!人生一无所有而来,空空如也而去,还是要活得明白,要有信仰的追求,灵魂才有去处啊。"

"这个世界就像一个胖子,看上去很壮实,心脏却有毛病。就像我,表面上看起来很健康,内里却有绝症,不知道哪天说没就没了。人类真的要自省,要化恨为爱,珍惜地球这个共同的家园。其实,地球在宇宙中也只是一粒微尘,人类就更渺小。地震、海啸、洪水、泥石流等灾难且不说，一个小小的'非典'病毒，就已搅得世界惶惶不可终日。所以，强大是相对的，人的渺小、脆弱和人生的短暂却是带有绝对性的。"

"唯一的罪是'不信'。你可以推诿说，那个罪我没犯，这个罪我也没犯，我不赌不嫖不偷不抢不做坏事，但你却忘了，没有信仰就是罪。所有零零碎碎的罪，都是从"不信"这个罪起头的。大家以为说谎、骄傲、嫉妒、奸淫、杀人、放火都是罪，这当然是罪，但往深里想，这些都是病状，并非病因。"

这些充满真知的话语，岂是我说得出来的，岂是一般学者说得出来的，和文化程度哪里有一丝一毫的关系，它们只能直接出自一个完全觉醒了的灵魂，是一个灵魂已在真理之中的人的言说。我在家忠身上看到的真正是信仰的奇迹，这个普通的农家子弟，中学毕业后一直当电工，经历平凡得不能再平凡，因为信仰，在死亡面前显出了哲人和圣徒的真形。

在生命最后三年里，家忠勤奋地研读《圣经》，写了大量心得，并在家庭聚会上演讲。这个家里最小的弟弟，以全新的面貌出现在了亲人们面前，令亲人们肃然起敬。如同国忠所说："他不但更新了自己，也改变了我们大家，使亲人们明白了爱的真实含义。"国忠对此含义的领悟是："思考现实的苦难仅是爱的现实关怀，思考生命的不朽才是爱的终极关怀。"厄运的降临不但没有使这个家庭陷入无边的哀怨之中，反而成了全家人最有意义的精神交流和灵魂升华的一个契机。

我没有见过家忠，和国忠是老朋友了，曾经去过他家。这个江南小镇上的普通农家，老小三代，每个人给我的感觉都是善良、朴实，家庭的氛围则是和睦、安静。国忠曾多年在当地任乡镇主要领导，后来调到区里，先后在不同部门任一把手，一度让他当财政局长，这个别人眼中的肥差，他硬是躲掉了。用他自己的话说，他是误入官场，对于仕途一向淡漠。因为外婆的家传，这个家庭是信基督的，但只是全家人在一起读《圣经》、谈心得，他们信得非常朴实、安静。原本是天性极为善良的人，因此对基督的信与爱的教导能有自然的感应，他们信得也非常真实、本质。这个家庭里哺育出家忠，真是一点也不奇怪。

信仰是可以有、事实上也的确有不同的形式的，不只是基督教一种。然而，形式可以不同，但人必须有信仰，而一切信仰的共同点是把灵魂看得比肉体更重要，唯有如此，人在活着时才有方向，在临死时才会安详。我相信，这本书将会给每个读者以这个启示。

## 正视死亡

**1**

哲学正是要去想一般人不敢想、不愿想的问题。作为一切人生——不论伟大还是平凡，幸福还是不幸——的最终结局，死是对生命意义的最大威胁和挑战，因而是任何人生思考绝对绕不过去的问题。

**2**

几乎每一个人在童年和少年时期都会有那样一个时候，他的自我意识逐渐觉醒，突然有一天，他确凿无疑地明白了自己迟早也会和所有人一样地死去。这是一种极其痛苦的内心体验，如同发生了一场地震一样，人生的快乐和信心因之而动摇甚至崩溃了。想到自己在这世界上的存在只是暂时的，总有一天会化为乌有，一个人就可能对生命的意义发生根本的怀疑。不过，随着年龄增长，多数人似乎渐渐麻木了，实际上是在有意无意地回避。我常常发现，当孩子问到有关死的问题时，他们的家长便往往惊慌地阻止，叫他不要瞎想。其实，这哪里是瞎想呢，死是人生第一个大问题，古希腊哲学家还把它看作最重要的哲学问题，无人能回避得了。我相信，那些从小就敢于正视和思考这个问题的人，在长大之后对人生往往能持比较深刻的理解和正确的态度。

## 3

我常常观察到，很小的孩子就会表露出对死亡的困惑、恐惧和关注。不管大人们怎样小心避讳，都不可能向孩子长久瞒住这件事，孩子总能从日益增多的信息中，从日常语言中，乃至从大人们的避讳态度中，终于明白这件事的可怕性质。他也许不说出来，但心灵的地震仍在地表之下悄悄发生。面对这类问题，大人们的通常做法一是置之不理，二是堵回去，叫孩子不要瞎想，三是给一个简单的答案，那答案必定是一个谎言。在我看来，这三种做法都是最坏的。正确的做法是鼓励孩子，不妨与他讨论，提出一些可能的答案，但一定不要做结论。让孩子从小对人生最重大也最令人困惑的问题保持勇于面对的和开放的心态，这肯定有百利而无一弊，有助于在他们的灵魂中生长起一种根本的诚实。

## 4

死有什么可思考的？什么时候该死就死，不就是一死？——可是，这种满不在乎的态度会不会也是一种矫情呢？

### 5

"我没有死的紧迫感,因为我还年轻。"这同年龄有什么关系呢?哪怕可以活一万岁,一万年后的死仍然是死。我十几岁考虑死的问题所受的震颤并不亚于今天。

### 6

人人都知道死是必然的,它是一个我们一出生就通报要来访的客人,现正日夜兼程,一步步靠近我们。可是,当它敲响我们的门的时候,我们仍然感到突然,怪它是最唐突的不速之客。

### 7

死是永恒的叹息。它正从书架上挤得紧紧的书册的缝隙里透露出来,写这些书和发这些叹息的文豪哲人如今都已经长眠地下,用死的事实把他们对死的叹息送到我们心里。

### 8

善衣冠楚楚,昂首挺胸地招摇过市。回到家里,宽衣解带,美展现玫瑰色的裸体。进入坟墓,皮肉销蚀,唯有永存的骷髅宣示着真的要义。

## 9

我们对于自己活着这件事实在太习惯了，而凡是习惯了的东西，我们就很难想象有朝一日会失去。可是，事实上，死亡始终和我们比邻而居，它来光顾我们就像邻居来串一下门那么容易。所以，许多哲人都主张，我们应当及早对死亡这件事也习惯起来，以免到时候猝不及防。在此意义上，他们把哲学看作一种思考死亡并且使自己对之习以为常的练习。

## 论死亡

**1**

清明时节，人们纷纷追祭死者，墓园热闹起来了。可是，墓园也是一切生者必然的归宿。那么，且安静一会儿，让我们想一想平时不愿提起的那个词。

**2**

我最生疏的词：老。我最熟悉的词：死。尽管我时常沉思死的问题，但我从不觉得需要想一想防老养老的事情。

**3**

中国的圣人说："未知生，焉知死？"西方的哲人大约会倒过来说："未知死，焉知生？"中西人生哲学的分野就在于此。

**4**

时间给不同的人带来不同的礼物，而对所有人都相同的是，它然后又带走了一切礼物，不管这礼物是好是坏。

## 5

死是最令人同情的，因为物伤其类：自己也会死。

死又是最不令人同情的，因为殊途同归：自己也得死。

## 6

今天我活着，而明天我将死去——所以，我要执著生命，爱护自我，珍惜今天，度一个浓烈的人生。

今天我活着，而明天我将死去——所以，我要超脱生命，参破自我，宽容今天，度一个恬淡的人生。

## 7

死是哲学、宗教和艺术的共同背景。在死的阴郁的背景下，哲学思索人生，宗教超脱人生，艺术眷恋人生。

## 8

凡活着的人都无法参透死后的神秘。依我之见，哲人之为哲人，倒也不在于相信灵魂不死，而在于不管灵魂是否不死，都依然把灵魂生活当作人生中唯一永恒的价值看待，据此来确定自己的生活方式，从而对过眼云烟的尘世生活持一种超脱的态度。

## 9

各种各样的会议,讨论着种种人间事务。我忽发奇想:倘若让亡灵们开会,它们会发怎样的议论?一定比我们超脱豁达。如果让每人都死一次,也许人人会变得像个哲学家。但是,死而复活,死就不成其为死,那一点彻悟又不会有了。

## 10

死亡是神秘的黑夜,生命如同黑夜里一朵小小的烛光。它燃烧,照耀,突然被一阵风吹灭;或者,逐渐暗淡,终于慢慢地熄灭。

在另一个黑夜里,同一朵烛光会不会重新点燃?

也许,在天国里没有黑夜,只有光明,所有的烛光其实并未熄灭,只是回到了那永恒的光明中?

## 11

生命大于肉身,死亡揭示了肉身的有限,却启示了生命的无限。生命的内在疆域无比宽阔,只要你能进入其中,每一个当下即是永恒。

## 12

每一个人都可能突然遭遇没有明天的一天。可是,世人往往为不可靠的明天复明天付出全部心力,却把一个个今天都当作手段牺牲掉了。

# 和命运结伴而行

## 1

命运主要由两个因素决定：环境和性格。环境规定了一个人的遭遇的可能范围，性格则规定了他对遭遇的反应方式。由于反应方式不同，相同的遭遇就有了不同的意义，因而也就成了本质上不同的遭遇。我在此意义上理解赫拉克利特的这一名言："性格即命运。"

但是，这并不说明人能决定自己的命运，因为人不能决定自己的性格。

性格无所谓好坏，好坏仅在于人对自己的性格的使用，在使用中便有了人的自由。

命运当然是有好坏的。不过，除了明显的灾祸是厄运之外，人们对于命运的评价实在也没有一致的标准，正如对于幸福没有一致的标准一样。

## 2

究竟是性格决定命运，还是命运造就性

格?这个问题可能像鸡生蛋还是蛋生鸡的问题一样,是争不清的,因为在性格和命运之间显然存在着一种互为因果的关系。如果性格是指个人不能支配的内在禀赋,命运是指个人不能支配的外在遭遇,那么,它们都又同样具有一种被决定的性质。一种可供选择的思路是引进它们之外的第三个因素,即个人对于自己所不能支配的东西——不管它是命运还是性格——的态度,也许个人的自由、价值和尊严就寓于这态度之中。不过,在另一些人看来,这一思路也许难免自欺或逃避之嫌。

## 3

在命运问题上,人有多大自由?三种情况:一,因果关系之网上个人完全不可支配的那个部分,无自由可言,听天命;二,因果关系之网上个人在一定程度上可支配的部分,个人的努力也参与因果关系并使之发生某种改变,有一定自由,尽人力;三,对命运即一切已然和将然的事件的态度,有完全的自由。

## 4

命运是不可改变的,可改变的只是我们对命运的态度。

## 5

就命运是一种神秘的外在力量而言，人不能支配命运，只能支配自己对命运的态度。一个人愈是能够支配自己对于命运的态度，命运对于他的支配力量就愈小。

## 6

狂妄的人自称命运的主人，谦卑的人甘为命运的奴隶。除此之外还有一种人，他照看命运，但不强求，接受命运，但不卑怯。走运时，他会揶揄自己的好运。倒运时，他又会调侃自己的厄运。他不低估命运的力量，也不高估命运的价值。他只是做命运的朋友罢了。

## 7

塞涅卡说：愿意的人，命运领着走；不愿意的人，命运拖着走。他忽略了第三种情况：和命运结伴而行。

## 8

"愿意的人，命运领着走。不愿意的人，命运拖着走。"太简单一些了吧？活生生的人总是被领着也被拖着，抗争着但终于不得不屈服。

## 9

昔日的同学走出校门,各奔东西,若干年后重逢,便会发现彼此在做着很不同的事,在名利场上的沉浮也相差悬殊。可是,只要仔细一想,你会进一步发现,各人所走的道路大抵有线索可寻,符合各自的人格类型和性格逻辑,说得上各得其所。

上帝借种种偶然性之手分配人们的命运,除开特殊的天灾人祸之外,它的分配基本上是公平的。

## 10

围绕偶然与必然、决定论与意志自由的争论贯穿于整个哲学史。这一争论因为所使用的概念的模糊和歧义而变得非常复杂,我对这些概念做了一个形象化但也肯定简单化的解释——

偶然与必然涉及上帝(造化)的行为,一件事若是上帝有意做成的,便是必然的,若是上帝无意做成的,便是偶然的。可是,由于我们无法推测上帝是有意还是无意,所以我们也就很难划清偶然与必然的界限。事实上,只要是上帝所做成的事,落到人头上就都成了必然。

决定论与意志自由涉及人的行为,一件事若是人有意做成的,便可说是出于自由意志,若是人无意做成的,便可说是被决定的。可是,我们无法确定我们的有意和无意本身是否已经是被一种更高的意志所决定的。也许，只要是人所做成的事，在上帝眼里就都是被决定的。

## 11

偶然性是上帝的心血来潮，它可能是灵感喷发，也可能只是一个恶作剧；可能是神来之笔，也可能只是一个笔误。因此，在人生中，偶然性便成了一个既诱人又恼人的东西。我们无法预测会有哪一种偶然性落到自己头上，所能做到的仅是——如果得到的是神来之笔，就不要辜负了它；如果得到的是笔误，就精心地修改它，使它看起来像是另一种神来之笔，如同有的画家把偶然落到画布上的污斑修改成整幅画的点睛之笔那样。当然，在实际生活中，修改上帝的笔误绝非一件如此轻松的事情，有的人为此付出了毕生的努力，而这努力本身便展现为辉煌的人生历程。

## 12

"祸兮福之所倚，福兮祸之所伏。"老子如是说。

既然祸福如此无常，不可预测，我们就应该与这外在的命运保持一个距离，做到某种程度的不动心，走运时不得意忘形，背运时也不丧魂落魄。也就是说，在宏观上持一种被动、超脱、顺其自然的态度。

既然祸福如此微妙，互相包含，在每一具体场合，我们又非无可作为。我们至少可以做到，在幸运时警惕和防备那潜伏在幸福背后的灾祸，在遭灾时等待和争取那依傍在灾祸身上的转机。也就是说，在微观上持一种主动、认真、事在人为的态度。

## 13

在设计一个完美的人生方案时，人们不妨海阔天空地遐想。可是，倘若你是一个智者，你就会知道，最美妙的好运也不该排除苦难，最耀眼的绚烂也要归于平淡。原来，完美是以不完美为材料的，圆满是必须包含缺憾的。最后你发现，上帝为每个人设计的方案无须更改，重要的是能够体悟其中的意蕴。

02

# 致焦虑的你 内心的安宁

我说的优秀,就是我一直所强调的,要让老天赋予你的各种精神能力得到很好的生长,智、情、德全面发展,拥有自由的头脑、丰富的心灵和高贵的灵魂。这样你就是一个在人性意义上的优秀的人,同时你也就有了享受人生主要的、高级的幸福的能力。

## 对自己的人生负责

**1**

我们活在世上，不免要承担各种责任，小至对家庭、亲戚、朋友，对自己的职务，大至对国家和社会。这些责任多半是应该承担的。不过，我们不要忘记，除此之外，我们还有一项根本的责任，便是对自己的人生负责。

**2**

每个人在世上都只有活一次的机会，没有任何人能够代替他重新活一次。如果这唯一的一次人生虚度了，也没有任何人能够真正安慰他。认识到这一点，我们对自己的人生怎么能不产生强烈的责任心呢？在某种意义上，人世间各种其他的责任都是可以分担和转让的，唯有对自己的人生的责任，每个人都只能完全由自己来承担，一丝一毫依靠不了别人。

**3**

不止于此，我还要说，对自己的人生的

责任心是其余一切责任心的根源。一个人唯有对自己的人生负责，建立了真正属于自己的人生目标和生活信念，他才可能由之出发，自觉地选择和承担起对他人和社会的责任。正如歌德所说："责任就是对自己要求去做的事情有一种爱。"因为这种爱，所以尽责本身就成了生命意义的一种实现，就能从中获得心灵的满足。相反，我不能想象，一个不爱人生的人怎么会爱他人和爱事业，一个在人生中随波逐流的人怎么会坚定地负起生活中的责任。实际情况往往是，这样的人把尽责不是看作从外面加给他的负担而勉强承受，便是看作纯粹的付出而索求回报。

## 4

一个不知对自己的人生负有什么责任的人，他甚至无法弄清他在世界上的责任是什么。有一位小姐向托尔斯泰请教，为了尽到对人类的责任，她应该做些什么。托尔斯泰听了非常反感，因此想道：人们为之受苦的巨大灾难就在于没有自己的信念，却偏要做出按照某种信念生活的样子。当然，这样的信念只能是空洞的。这是一种情况。更常见的情况是，许多人对责任的关心确实是完全被动的，他们之所以把一些做法视为自己的责任，不是出于自觉的选择，而是由于习惯、时尚、舆论等原因。譬如说，有的

【自我】

天地悠悠,生命短促,一个人一生的确做不成多少事。明白了这一点,就可以善待自己,不必活得那么紧张匆忙了。但是,也正因为明白了这一点,就可以不抱野心,只为自己高兴而好好做成几件事了。

人把偶然却又长期的某一职业当作自己的责任,从不尝试去拥有真正适合自己本性的事业。有的人看见别人发财和挥霍,便觉得自己也有责任拼命挣钱花钱。有的人十分看重别人尤其上司对自己的评价,谨小慎微地为这种批评而活着。由于他们不曾认真地想过自己的人生使命究竟是什么,在责任问题上也就必然是盲目的了。

## 5

所以,我们活在世上,必须知道自己究竟想要什么。一个人认清了他在这世界上要做的事情,并且在认真地做着这些事情,他就会获得一种内在的平静和充实。他知道自己的责任之所在,因而关于责任的种种虚假观念都不能使他动摇了。我还相信,如果一个人能对自己的人生负责,那么,在包括婚姻和家庭在内的一切社会关系上,他对自己的行为都会有一种负责的态度。如果一个社会是由这样对自己的人生负责的成员组成,这个社会就必定是高质量的有效率的社会。

## 正确的财富观

我归纳一下,正确的财富观,也就是一个素质好的人对金钱的态度应该是什么样的,素质好的人和素质差的人的差别在哪里,主要有下面四点。

第一,是获取财富的时候要使用正当的手段,对不义之财不动心。这一点并不容易做到,人一旦有机会获得不义之财,这个心里面矛盾啊,斗争啊,很多人就是过不了这一关。现在那么多大小官员受贿,到了这么严重、这么普遍的程度,当然是有体制上的原因的,改变体制是遏制腐败的根本途径。但是,我觉得从个人来说一定要清醒,要意识到你在这个位置上很危险,这个危险在你的身上会不会变成事实,你是有自主权的,归根到底取决于你的素质和觉悟。那些被揭露出来的贪官本来就是坏蛋吗?完全不是。他们其实是和我们一样的普通人,但是正好处在那个位置上,处于一个面对巨大诱惑的位置上。天天面对,诱惑太多,有一天他就产生了侥幸之心,就开始受贿、开始堕落了。

一旦走上了这条路，就很难收住了，前面等着他的是牢狱之灾甚至杀身之祸，他心里很紧张，侥幸之心和大难临头的恐惧并存，完全是赌徒的心理，痛苦万分。所以，我觉得我们每个人都应该问一问自己，如果我处在那个位置上，面对这样的诱惑，有一大笔钱，一笔很大的钱，是我自己靠工资不可能得到的，在当时看来拿了很安全，我动心不动心，要让自己的觉悟达到足以完全不动心。

第二，在有了钱以后，应该对所得的财富抱一种超脱的态度，不要抱一种占有的态度，这样你对财富就会有一个好的心态。抱超脱的态度，和财富保持距离，你就能成为金钱的主人，相反，抱占有的态度，把财富看得很重，你其实是被财富占有了，成了金钱的奴隶。金钱、财富无非是身外之物，世界上一切物质的东西是最没有忠诚度的，今天在你这里，明天就可能到别人那里去，你占有得了吗？所以不要太在乎，想开一点，看淡一点。

你真想开了的话，其实什么都是身外之物，包括你的生命，总有一天上帝会把它收回的，财产就更是这样了，就像常言所说，生不带来，死不带走。所以佛教讲"无我"，就是这个"我"也是虚幻的，你的生命是非常偶然地来到这个世界上的，又必然地离开，佛教称作缘起，一些因缘凑到一起造成了你的这个"我"，这些因缘离散了，你的这个"我"也就不存在了，所以说"我"是一种幻象，你不要被它迷惑，不要太看重它了，否则你会很怕死，会很在乎你所得到的一切。在佛教里，最根本的修行就是破除"我执"，做到不执著于你的这个"我"。既然"我"不存在，就更没有所谓"我的"这回事了，有了这个觉悟，你对你所得到的一切都会抱超脱的态度，你仍然可以去得到，但是在得到的同时，你在心里就已经把它们放下了。这样的人是活得很轻松的。

这种对于财富的超脱态度，其实也是许多哲学家的主张。我很欣赏古罗马哲学家塞内卡，他在罗马当了很大的官，相当于宰相，在这期间敛财，过着非常奢华的生活，当时就有很多人看不惯。但是他说，你们别以为我被财富控制住了，我把得到的东西放在一个很远的距离上，放在一个命运女神伤害不了我的地方，一旦命运女神要把它拿回去，我不会经历那种撕裂的痛苦。他的确保持着这样一种心态，后来丢了官，被流放，财产全部被没收，他都处之泰然。最后，尼禄皇帝上台，赐他自杀，他仍然十分平静。临死的时候，他周围的学生哭成了一团，他从容地问道：你们的哲学哪里去了？

我就发现一点，凡是看重钱的人，他无论挣钱还是花钱都是痛苦的，他都不开心。挣钱的时候，他心里紧张啊，焦虑啊；花钱的时候，他心里又舍不得啊，计算啊，钱给他带来的全是烦恼。天下真正快乐的人，一定是超脱金钱的人，无论钱多钱少，他始终是快乐的。事实上，快乐的确更多地依赖于心理而不是物质。你心态好，在物质上所求不多，得到了一点就会挺快乐；心态不好，贪得无厌，得到了再多也不会快乐。所以古希腊的哲人说，苦和乐取决于求和得之间的比例，与所得的大小无关。中国古话也说，知足常乐，这在物质的问题上是真理。我看卡耐基的自传，他当小邮差的时候，有一回，月薪增加了2.25美元，从11.25美元增加到了13.5美元，他那个幸福啊，忍到星期天吃早饭时才拿出来，为了享受一下父母惊喜的眼神。他说：这点钱对于我的价值要远远超过后来我的巨额资产，后来我所有的成功都没有这一次更让我激动。我的一个朋友，二十几年前在单位里分到了一套一居室，从无房户变成了有自己的住房。后来她一家去了法国，混得不错，买了别墅，可是她说，所感到的快乐远远不及当年分到一居室的快乐。我相信我们每个人都能够从自己的经历中找到类似的例子，这说明物质所带来的快乐的确取决于心理，因此只从物质去寻找快乐肯定找错了方向，应该从自己的内心去寻找，好的心态最重要。

第三，在富裕以后，你的钱足以让你过奢侈的生活了，你仍要乐于过相对简朴的生活。一个人在没钱的时候过简朴的生活是迫不得已的，但是你有了钱以后仍然过比较简朴的生活，我觉得这是很高的境界，体现了很高的素质。我发现，一个精神素质高的人，他有两个特点。一方面，很少的物质就能让他满足了，他的需求不多，物质生活过得去就行了。另一方面呢，再多的物质也不能让他满足，他过上奢华的生活就心满意足了？不是的。物质满足不了他的什么？当然是精神上的需要，那才是他的最重要的需要。

在很大程度上，物质生活的简朴本身就是一种精神上的要求，因为奢华的物质生活是很牵扯人的精力的，物质在提供享受的同时也强求服务，复杂是一种限制，简单才能自由。古希腊哲学家苏格拉底，他一辈子很穷的，他也不想富裕。他讲课从来不收费，其实他名气很大，口才极好，如果上百家讲坛，铁定第一叫座，发财是没有问题的。和他同时代的智者是一些讲座专业户，开价很高，和今天号称名师的讲座专业户们有得一拼。苏格拉底讲课也不像今天这样在课堂或者礼堂里，而是在街头闲逛，一帮年轻人就跟随着他，听他聊天，和他互动。有一回，他带着一帮学生就这样在雅典街头逛了一圈，街上有很多商铺，在卖各种商品，他就感慨地说：我才发现世界上有这么多我不需要的东西。他说了一句名言："一无所需最像神。"一个人对物质的需求越少，就越接近于神，为什么？因为神是自足的，完完全全是精神性的存在，不需要物质。当然，人不是神，人有一个身体，离不开物质，但人也有精神性，精神性是人身上的神性，是人性中最高贵的部分，对物质的依赖越少，这个神性的部分就越能发扬光大。

一个人在物质条件许可的情形下，生活过得舒适一些，住别墅，开好车，甚至有的人喜欢名牌的生活用品，这无可非议。我认为最关键的是你的心态，第一你是不是把心思都放在这上面了，你还有没有更高的追求，第二你是不是为此沾沾自喜，觉得你靠这些东西就高人一等了。对于财富也要有平常心，摆阔、炫富是庸俗的低级趣味。比较起来，我还是更欣赏那种生活相对简朴的富人，不是吝啬，他对朋友、对慈善很慷慨，但自己在日常生活中没有那些臭讲究。这的确是素质的证明，说明他的心思没有用在物质生活上，因为他有更高更好的享受，不屑于花工夫在物质上。一个人在巨富之后仍然简朴，这在很大程度上证明了灵魂的高贵，能够从精神生活中获得更大的快乐。我看到一个报道，宜家的老板坎普拉德，好像是全球第四富豪，据说他生活就很简朴，他那部车已经开了十五年，人家劝他换车，他说才开了十五年，还很新啊。他一般坐飞机都是经济舱，不坐公务舱、头等舱。是不是作秀？可能有这个成分，但是我觉得即使作秀也是好的，说明他认为简朴是光荣的，所以才在这方面作秀。我们可以看到一个巨大的不同，人家很看重公众人物的简朴的社会形象，在我们这里，却是奢华、摆阔才是荣耀。

第四，永远要把金钱、财富当成手段，开始的时候是满足生存基本需要的手段，在这个问题解决以后，是满足精神需要、实现人生更高理想的手段，主动回报社会。素质的高低，贪与不贪，最后的界限是在这里。能否用正当手段获取财富，对财富能否抱超脱的态度，富裕后能否保持简朴，根源就在于能否摆正财富在人生中的位置，是把财富当手段还是目的。素质低的人，贪婪的人，他是把财富本身以及财富所带来的奢侈生活当成了人生的主要目的，甚至当成了唯一的目标。这样的人其实是最糊涂也最可悲的，一辈子在为钱打工，从来没有品尝过人生那些最美好的享受。

## 优秀第一，成功第二

在为自己的人生确立目标时，第一目标应该是优秀，成功最多只是第二目标，不妨把它当作优秀的副产品。现在的情况正相反，人们都太看重成功，不是第一目标，几乎是唯一目标，根本不把优秀当回事。可是，我敢断定，没有优秀，所谓的成功一定是渺小的、非常表面的，甚至是虚假的成功。

我说的优秀，就是我一直所强调的，要让老天赋予你的各种精神能力得到很好的生长，智、情、德全面发展，拥有自由的头脑、丰富的心灵和高贵的灵魂，这样你就是一个在人性意义上的优秀的人，同时你也就有了享受人生主要的、高级的幸福的能力。

为什么要把优秀放在第一位，把成功放在第二位呢？

首先，优秀是你自己可以把握的，成功却不然。我们说的成功，一般是指外在的成功，就是你在社会上是否得到承认，承认的程度有多高，最后无非落实为名利二字，外在的成功是用名利来衡量的。这个意义上的成功，取决于许多外部的因素，包括环境、人际关系、机遇等等，自己是很难把握的。一个人把自己不能支配的事情当作人生的主要目标，甚至唯一目标，我觉得特别傻，而且很痛苦，也许最后什么也得不到。荀子说得好：君子敬其在己者，不慕其在天者。你自己能支配的事情你要好好努力，由老天决定的事情你就不要去瞎想了。尽你所能地成为一个优秀的人，把你身上的人性禀赋发展得好一些，这是你能够做主的，你把功夫下在这里就行了。至于优秀了怎么样，有没有机会让你的优秀得到展现，顺其自然就可以了，最多适当留心就可以了。这样来定位，你的心态就会非常好。你的力气花在了优秀上，这个力气是不会白花的。你把外在的成功看作副产品，在那上面没花多少力气，那么，这些名啊利啊，如果你得到了，当然很好，对于你是意外的收获，你比那些孜孜以求才得到的人快乐多了。如果没有得到呢，也没什么，反正你在那上面没花力气，种瓜得瓜，不种就没得，很公平嘛。

其次，如果你真正成了一个优秀的人，而在社会的意义上并不成功，我认为你的人生仍然是充满意义的，在人性完善、自我实现的意义上你是成功的。在历史上，有相当一些优秀的人，比如有些创作了伟大作品的艺术家、作家，生前很不成功，他们的名声是死后才到来的。他们在贫困和默默无闻中度过了创造的一生，和那些一时走红的名利之徒相比，谁的人生更有价值、更成功？历史已经做出了结论，我们每个人凭良知也可以做出结论。一个不求优秀的人，一个心智平庸的人,如果他又把外在的成功看得很重,就只能是靠庸俗的手段,工于心计,巴结奉承。最后,他即使得到了一点所谓的成功,当个小官呀,发点小财呀,在素质类似的一伙人中比较吃得开呀,在那里沾沾自喜,可是你站在上面俯看他一眼,他真是个可怜虫,他的人生毫无价值,他的人生是失败的。

最后,我相信,在开放社会里,一个优秀的人迟早有机会获得成功的,而且一旦得到,就是真正的成功,是社会承认、自己内心也认可的成功,是自我实现和社会贡献的统一。当然,开放社会是一个前提,在封闭社会里就不行。比如改革开放前,每个人都被锁定在一个单位里,命运由长官意志决定,上司不喜欢你,你再优秀也白搭,怀才不遇、抱恨终身的人多了去了。不只是单位,整个国家是封闭的,关起门来搞政治运动,枪打出头鸟,优汰劣胜,优秀者遭扼杀。今天这个时代仍有种种毛病,但是和以前比,毕竟开放得多了,优秀者获得成功的机会多得多了,这一点无人能够否认吧。

【交往】

使一种交往具有价值的不是交往本身,而是交往者各自的价值。高质量的友谊总是发生在两个优秀的独立人格之间,它的实质是双方互相由衷的欣赏和尊敬。因此,重要的是使自己真正有价值,配得上做一个高质量的朋友,这是一个人能够为友谊所做的首要贡献。

## 论简单生活

**1**

在五光十色的现代世界中,让我们记住一个古老的真理:活得简单才能活得自由。

**2**

自古以来,一切贤哲都主张过一种简朴的生活,以便不为物役,保持精神的自由。

事实上,一个人为维持生存和健康所需要的物品并不多,超乎此的属于奢侈品。它们固然提供享受,但更强求服务,反而成了一种奴役。

现代人是活得愈来愈复杂了,结果得到许多享受,却并不幸福,拥有许多方便,却并不自由。

**3**

仔细想一想,我们便会发现,人的肉体需要是有被它的生理构造所决定的极限的,因而由这种需要的满足而获得的纯粹肉体性质的快感差不多是千古不变的，无非是食色温饱健康之类。殷纣王"以酒为池，悬肉为林"，但他自己只有一只普通的胃。秦始皇筑阿房宫，"东西五百步，南北五十丈"，但他自己只有五尺之躯。多么热烈的美食家，他的朵颐之快也必须有间歇，否则会消化不良。多么勤奋的登徒子，他的床笫之乐也必须有节制，否则会肾虚。每一种生理欲望都是会餍足的，并且严格地遵循着过犹不足的法则。山珍海味，挥金如土，更多的是摆阔气。藏娇纳妾，美女如云，更多的是图虚荣。万贯家财带来的最大快乐并非直接的物质享受，而是守财奴清点财产时的那份欣喜，败家子挥霍财产时的那份痛快。凡此种种，都已经超出生理满足的范围了，但称它们为精神享受未免肉麻，它们至多只是一种心理满足罢了。

4

人的肉体需要是很有限的，无非是温饱，超于此的便是奢侈，而人要奢侈起来却是没有尽头的。温饱是自然的需要，奢侈的欲望则是不断膨胀的市场刺激起来的。富了总可以更富，事实上也必定有人比你富，于是你永远不会满足，不得不去挣越来越多的钱，赚钱便成了你的唯一目的。

## 5

奢华不但不能提高生活质量，往往还会降低生活质量，使人耽于物质享受，远离精神生活。只有在那些精神素质极好的人身上，才不会发生这种情况，而这又只因为他们其实并不在乎物质享受，始终把精神生活看得更珍贵。一个人在巨富之后仍乐于过简朴生活，正证明了灵魂的高贵，能够从精神生活中获得更大的快乐。

## 6

一个专注于精神生活的人，物质上的需求必定是十分简单的。因为他有重要得多的事情要做，没有工夫关心物质方面的区区小事；他沉醉于精神王国的伟大享受，物质享受不再成为诱惑。

## 7

在一个人的生活中，精神需求相对于物质需求所占比例越大，他就离神越近。

## 8

智者的共同特点是：一方面，因为看清了物质快乐的有限，最少的物质就能使他们满足；另一方面，因为渴望无限的精神快乐，再多的物质也不能使他们满足。

## 9

我一向认为，人最宝贵的东西，一是生命，二是心灵，而若能享受本真的生命，拥有丰富的心灵，便是幸福。这当然必须免去物质之忧，但并非物质越多越好，相反，毋宁说这二者的实现是以物质生活的简单为条件的。一个人把许多精力给了物质，就没有什么闲心来照看自己的生命和心灵了。诗意的生活一定是物质上简单的生活，这在古今中外所有伟大的诗人、哲人、圣人身上都可以得到印证。

## 10

人活世上，有时难免要有求于人和违心做事。但是，我相信，一个人只要肯约束自己的贪欲，满足于过比较简单的生活，就可以把这些减少到最低限度。远离这些麻烦的交际和成功，实在算不得什么损失，反而受益无穷。我们因此获得了好心情和好光阴，可以把它们奉献给自己真正喜欢的人和真正感兴趣的事，而首先是奉献给自己。对于一个满足于过简单生活的人，生命的疆域是更加宽阔的。

## 11

许多东西，我们之所以觉得必需，只是因为我们已经拥有它们。当我们清理自己的居室时，我们会觉得每一样东西都有用处，都舍不得扔掉。可是，倘若我们必须搬到一个小屋去住，只允许保留很少的东西，我们就会判断出什么东西是自己真正需要的了。那么，我们即使有一座大房子，又何妨用只有一间小屋的标准来限定必需的物品，从而为美化居室留出更多的自由空间？

　　许多事情，我们之所以认为必须做，只是因为我们已经把它们列入了日程。如果让我们凭空从中删除一些，我们会难做取舍。可是，倘若我们知道自己已经来日不多，只能做成一件事情，我们就会判断出什么事情是自己真正想做的了。那么，我们即使还能活很久，又何妨用来日不多的标准来限定必做的事情，从而为享受生活留出更多的自由时间？

## 快乐工作的能力

现在有一个普遍现象,许多年轻人工作得不快乐,他们生活中也会有快乐,但快乐和工作是分开的。那么工作和快乐是什么关系呢?工作本身不快乐,工作对于快乐的贡献是,通过工作可以挣到钱,然后用这个钱在工作之外、在业余时间去买快乐,去消费和娱乐,基本上是这样一个关系。我觉得这是不正常的,是违背人性的。从人性来说,人是精神性的存在,精神能力的发展和实现应该是快乐的最重要源泉,做自己真正喜欢做的事,在这个过程中感觉到自己的能力在生长,自己的生命价值得到了实现,这是人生的莫大快乐。

人不只是在娱乐的时候快乐,工作的快乐远胜于娱乐的快乐,人之为人的快乐很大一部分是在工作中感受到的。艺术家就是这样,创作本身是最大的快乐。各行各业的优秀者也是这样,主要的快乐是在工作中获得的。在工作中获得快乐,这不是少数人的特权,人人都有老天赋予的精神能力,都应该享受这种快乐。当然，只有真正喜欢这个工作，工作才会成为快乐，仅仅为谋生而做的工作是不快乐的。比如说我的工作是写作，但是如果我只把写作当作一个谋生手段，从写作本身中感受不到快乐，那我和别的打工仔就没有什么两样。每一个人在世界上都应该有这样一件事情，你真正喜欢它，做这件事情本身就是享受，这是幸福感的一个重要来源。

有的年轻人说，他是为生计所迫做现在这份工作的，所以不快乐。我说这不可悲，可悲的是什么？世界上根本就没有一份能够让你快乐的工作，不是说你找不到，而是你根本就没有自己真正喜欢做的事，你没有了快乐工作的能力，这才是最可悲的。你说你不喜欢现在这个职业，那好，我就假定你可以自由地选择，你选什么职业，你觉得做什么工作你是快乐的？恐怕很多人会想不出来，不知道自己喜欢什么。最后，选的往往是薪金高一点儿的工作，仍然是为了谋生谋得好一点而已。前几年有一个机构做过调查，调查年轻人的就业意向，有很多指标，绝大多数人放在首位的就是薪金，薪金高的职业最受追捧。现在公务员成了热门，因为大形势是国进民退，民营企业凋敝，公务员又成了铁饭碗，从个人来说，考虑的还是谋生。只有待遇、薪金、利益的外在标准，没有兴趣、能力、理想的内在标准，这一点没有变。

为什么许多人没有了自己真正的兴趣，没有了快乐工作的能力？我认为问题就出在价值观。不求优秀，只求成功，而成功又只是用外在标准衡量，结果一定是不快乐，不成功当然非常不快乐，成功了也只是薪金、利益带来的肤浅的快乐，工作本身仍然是不快乐的。

要具备快乐工作的能力，学生时代非常重要，要为这个能力打好基础。你在学校里有快乐学习的能力，出了学校才可能有快乐工作的能力，那实质上是同一种能力，是从学生时代延续下来的。学习的快乐，工作的快乐，都是智力活动的快乐，都是在发展和享受自己的能力。你在学校里基础打得好，智力发展得好，找到了自己的兴趣方向，并且坚持下去，到了社会上就不会被职场淹没。即使你的职业暂时和你的兴趣方向不一致，没关系，只要你足够优秀，迟早会有机会的。

现在的应试教育体制把学习变成了一件很不快乐的事情，功利化的教育目标又只求应试和谋生的成功，不求素质的真正优秀，正因为如此，大量的年轻人走上社会以后没有快乐工作的能力，没有自己的目标，在职场上痛苦挣扎，茫然无助。教育给学生的自由空间的确非常小，但是，要记住你不是一个被动的个体，在任何情况下，人都是可以发挥自己的主动性的。我经常鼓励学生的一句话是：向教育争自由，做学习的主人。既然这个体制不为你负责，你就要自己为自己负责，为你的一辈子负责，你不要被它牵着走，你要自己筹划你的学习，而这就意味着筹划你的未来。走上社会以后，环境更复杂，可能支配你、干扰你的因素更多，你更不能被它们牵着走,更要掌握自己的主动权,而这个主动权是从学校开始培养和掌握的。

我再三强调,一个人在世界上生活,一定要有自己真正喜欢做的事,一定要有自己的真兴趣和真本事,这是人生幸福的重要源泉。一个什么兴趣也没有的人是最可怜的,这个世界上没有他的位置,他只能任人摆布,任命运摆布。相反,你有自己真正喜欢做的事,不管是作为专业还是业余爱好,你钻研进去,乐在其中,把它做到你所能做的最好的程度,你的心情是快乐的,你的生活是充实的,你在这个世界上就有了一个家园,这个家园是外界的一般风雨摧毁不了的。当然,风雨太大,十二级台风,大灾难,大动乱,那就不好说了,谁也跑不了。

现在的年轻人面临很大的生存压力,走上社会以后,往往在相当长的时间里很无奈,不得不为谋生而工作,去做自己不感兴趣的事。这也许是没有办法的,你只能忍受。我想强调的是,在这个过程中,你一定要保持清醒,你的路还长,你不能一辈子这样。只要你是有自己的真兴趣的,你就要坚持,哪怕是在业余时间里慢慢地做。一个是兴趣,一个是毅力,这两个东西不要丢。我相信,只要这样,你就会在你感兴趣的那个领域里越来越优秀,机会也就会越来越向你靠近。总有一天,你能够把你的爱好变成你的职业,把事业和职业统一起来。如果始终不能呢?那也没什么,无论如何,比起那些不喜欢自己的职业、在职业之外又没有自己的爱好的人来，你的快乐多得多，你的生活也有意义得多。为你自己考虑，比起只是埋怨工作不称心，同时又完全放弃和荒废了自己的爱好，岂不也是好得多吗？

## 最合宜的位置

**1**

我相信,每一个人降生到这个世界上来,一定有一个对于他最合宜的位置,这个位置仿佛是在他降生时就给他准备了的,只等他有一天来认领。我还相信,这个位置既然仅仅对于他是最合宜的,别人就无法与他竞争,如果他不认领,这个位置就只是浪费掉了,而并不是被别人占据了。我之所以有这样的信念,是因为我相信,上帝造人不会把两个人造得完全一样,每一个人的禀赋都是独特的,由此决定了能使其禀赋和价值得到最佳实现的那个位置也必然是独特的。

然而,一个人要找到这个对于他最合宜的位置,却又殊不容易。环境的限制,命运的捉弄,都可能阻碍他走向这个位置。即使客观上不存在重大困难,由于心智的糊涂和欲望的蒙蔽,他仍可能在远离这个位置的地方徘徊乃至折腾。尤其在今天这个充满诱惑的时代,不少人奋力争夺名利场上的位置,甚至压根儿没想到世界上其实有一个仅仅属于他的位置，而那个位置始终空着。

## 2

我相信，从理论上说，每一个人的禀赋和能力的基本性质是早已确定的，因此，在这个世界上必定有一种最适合他的事业，一个最适合他的领域。当然，在实践中，他能否找到这个领域，从事这种事业，不免会受客观情势的制约。但是，自己应该有一种自觉，尽量缩短寻找的过程。在人生的一定阶段上，一个人必须知道自己是怎样的人，到底想要什么了。

## 3

人的禀赋各不相同，共同的是，一个位置对于自己是否最合宜，标准不是看社会上有多少人争夺它，眼红它，而应该去问自己的生命和灵魂，看它们是否真正感到快乐。

## 4

我们活在世上，必须知道自己究竟想要什么。一个人认清了他在这世界上要做的事情，并且在认真地做着这些事情，他就会获得一种内在的平静和充实。

在商场里，有的人总是朝人多的地方挤，去抢购大家都在买的东西,结果买了许多自己不需要的东西,还为没有买到另外许多自己不需要的东西而痛苦。那些不知道自己究竟想要什么的人,就生活在同样可悲的境况中。

## 5

一个人应该认清自己的天性,知道自己究竟是什么样的人,从而过最适合于他的天性的生活,对他而言这就是最好的生活。明乎此,他就不会在喧闹的人世间迷失方向了。

# 做人和做事

**1**

人活世上,第一重要的还是做人,懂得自爱自尊,使自己有一颗坦荡又充实的灵魂,足以承受得住命运的打击,也配得上命运的赐予。倘能这样,也就算得上做命运的主人了。

**2**

人生在世最重要的事情不是幸福或不幸,而是不论幸福还是不幸都保持做人的正直和尊严。做人比事业和爱情都更重要,不管你在名利场和情场上多么春风得意,如果做人失败了,你的人生就在总体上失败了。最重要的不是在世人心目中占据什么位置,和谁一起过日子,而是你自己究竟是一个什么样的人。

**3**

孔子说:"三十而立。"我对此话的理解是:一个人在进入中年的时候,应该确立起生活的基本信念了。所谓生活信念，第一是做人的原则，第二是做事的方向。也就是说，应该知道自己在这个世界上要做怎样的人，想做怎样的事了。

当然，"三十"不是一个硬指标。但是，"立"与不"立"是硬道理，无人能够回避。一个人有了"立"，才真正成了自己人生的主人。

## 4

做人最重要的是诚实地面对自己，在自己良心的法庭上公正地审视自己，既不护己之短，也不疑己之长，从而对自己有一个清楚的认识。这是一种巨大的精神力量，足以使他哪怕在全世界面前坦然承认自己的错误，也淡然面对哪怕来自全世界的误解和不实的责骂。

## 5

做事即做人。人生在世，无论做什么事，都注重做事的精神意义，通过做事来提升自己的精神世界，始终走在自己的精神旅程上，只要这样，无论做什么事都是有意义的，而所做之事的成败则变得不很重要了。

## 6

做事有两种境界。一是功利的境界，事情及相关的利益是唯一的目的，于是做事时必定会充满焦虑和算计。另一是道德的境界，无论做什么事，都把精神上的收获看得更重要，做事只是灵魂修炼和完善的手段，真正的目的是做人。正因为如此，做事时反而有了一种从容的心态和博大的气象。

从长远看，做事的结果终将随风飘散，做人的收获却能历久弥新。如果有上帝，他看到的只是你如何做人，不会问你做成了什么事，在他眼中，你在人世间做成的任何事都太渺小了。

## 7

人生在世，既能站得正，又能跳得出，这是一种很高的境界。在一定意义上，跳得出是站得正的前提，唯有看轻沉浮荣枯，才能不计利害得失，堂堂正正做人。

如果说站得正是做人的道德，那么，跳得出就是人生的智慧。人为什么会堕落？往往是因为陷在尘世一个狭窄的角落里，心不明，眼不亮，不能抵挡近在眼前的诱惑。佛教说"无明"是罪恶的根源，基督教说堕落的人生活在黑暗中，说的都是这个道理。相反，一个人倘若经常跳出来看一看人生的全景，真正看清事物的大小和价值的主次，就不太会被那些渺小的事物和次要的价值绊倒了。

## 8

有的人一有机会就不失时机地暴露其卑鄙的人格。比如哪怕只是做了一个办事员，手里有了一点小小的权力，他就立刻露出丑恶的嘴脸，即使你去办一个正常的手续，他也会百般刁难，以显示他的重要。

权力是人品的试金石，权力的使用最能检验出掌权者的人品。恶人几乎本能地运用权力折磨和伤害弱者，善人几乎本能地运用权力造福和帮助弱者，他们都从中获得了快乐，但这是多么不同的快乐，体现了多么不同的人品啊。

一切世俗的价值，包括权力、财富、名声等，都具有这样的效应，彰显了乃至仿佛放大了其拥有者的善和恶。

## 9

天赋，才能，眼光，魄力，这一切都还不是伟大，必须加上真实，才成其伟大。真实是一切伟人的共同特征，它源自对人性的真切了解，并由此产生一种面对自己、面对他人的诚实和坦然。

精神上的伟人必定是坦诚的，他们足够富有，无须隐瞒自己的欠缺，也足够自尊，不屑于用作秀、演戏、不懂装懂来贬低自己。

## 成功的真谛

在通常意义上,成功指一个人凭自己的能力做出了一番成就,并且这成就获得了社会的承认。成功的标志,说穿了,无非是名声、地位和金钱。这个意义上的成功当然也是好东西。世上有人淡泊名利,但没有人会愿意自己彻底穷困潦倒,成为实际生活中的失败者。

歌德曾说:"勋章和头衔能使人在倾轧中免遭挨打。"据我的体会,一个人即使相当超脱,某种程度的成功也仍然是好事,对于超脱不但无害反而有所助益。当你在广泛的范围里得到了社会的承认,你就更不必在乎你所隶属的小环境里的遭遇了。众所周知,小环境里往往充满短兵相接的琐碎的利益之争,而你因为你的成功便仿佛站在了天地比较开阔的高处,可以俯视从而以此方式摆脱这类渺小的斗争。

但是,这样的俯视毕竟还是站得比较低的,只不过是恃大利而弃小利罢了,仍未脱离利益的计算。真正站得高的人应该能够站到世界一切成功的上方俯视成功本身。一个人能否做出被社会承认的成就,并不完全取决于才能,起作用的还是环境和机遇等外部因素。单凭这一点,就有理由不以成败论英雄。

我曾经在边远省份的小县生活了将近十年,如果不是大环境发生变化,也许会在那里"埋没"终生。我曾自问,倘真如此,我便比现在的我差许多吗?我不相信。当然,我肯定不会有现在的所谓成就和名声,但只要我精神上足够富有,我就一定会以另一种方式收获自己的果实。成功是一个社会概念,一个直接面对上帝和自己的人是不会太看重它的。

我的意思是说,成功不是衡量人生价值的最高标准,比成功更重要的是,一个人要有内在的丰富,有自己的真性情和真兴趣,有自己真正喜欢做的事。只要你有自己真正喜欢做的事,你就在任何情况下都会感到充实和踏实。那些仅仅追求外在成功的人实际上是没有自己真正喜欢做的事的,他们真正喜欢的只是名利,一旦在名利场上受挫,内在的空虚就暴露无遗。

照我的理解,把自己真正喜欢做的事做好,尽量做得完美,让自己满意,这才是成功的真谛,如此感到的喜悦才是不掺杂功利考虑的纯粹的成功之喜悦。当一个母亲生育了一个可爱的小生命,一个诗人写出了一首美妙的诗,所感觉到的就是这种纯粹的喜悦。当然,这个意义上的成功已经超越于社会的评价,而人生最珍贵的价值和最美好的享受恰恰就寓于这样的成功之中。

## 谈钱

### 钱对穷人最重要

金钱是衡量生活质量的指标之一。一个起码的道理是,在这个货币社会里,没有钱就无法生存,钱太少就要为生存操心。贫穷肯定是不幸,而金钱可以使人免于贫穷。

不要对我说钱不重要。试试看,让你没有钱,成为中国广大贫困农民中的一员,你还说不说这种话。对于他们来说,钱意味着活命,意味着过最基本的人的生活。因为没有钱,多少人有病不能治,被本来可以治好的病夺去了生命。因为没有钱,多少孩子上不起学,早早辍学,考上大学也只好放弃,有的父母甚至被逼用自杀来逃避学费的难题。因为没有钱,农村天天在上演着有声或无声的悲剧。

让我们记住,对于穷人来说,钱是第一重要的。让我们记住,对于我们的社会来说,让穷人至少有活命的钱是第一重要的。

## 钱的重要性递减

对于不是穷人的人,即基本生活已有保障的人,钱仍有其重要性。道理很简单:有更多的钱,可以买更多的物资和更好的服务,改善衣食住行及医疗、教育、文化、旅游等各方面的条件。但是,钱与生活质量之间的这种正比例关系是有一个限度的。超出了这个限度,钱对于生活质量的作用就呈递减的趋势。原因就在于,一个人的身体构造决定了他真正需要和能够享用的物质生活资料终归是有限的,多出来的部分只是奢华和摆设。

我认为,基本上可以用小康的概念来标示上面所说的限度。从贫困到小康是物质生活的飞跃,从小康再往上,金钱带来的物质生活的满足就逐渐减弱了,直至趋于零。单就个人物质生活来说,一个亿万富翁与一个千万富翁之间不会有什么重要的差别,钱超过了一定数量,便只成了抽象的数字。

至于在提供积极的享受方面,钱的作用就更为有限了。人生最美好的享受都依赖于心灵能力,是钱买不来的。钱能买来名画,买不来欣赏;能买来色情服务,买不来爱情;能买来豪华旅游,买不来旅程中的精神收获。金钱最多只是我们获得幸福的条件之一,但永远不是充分条件,永远不能直接成为幸福。

## 快乐与钱关系不大

以为钱越多快乐就越多,实在是天大的误会。钱太少,不能维持生存,这当然不行。排除了这种情况,我可以断定,钱与快乐之间并无多少联系,更不存在正比例关系。

一对夫妇在法国生活,他们有别墅和花园,最近又搬进了更大的别墅和更大的花园。可是,他们告诉我,新居带来的快乐,最强烈的一次是二十年前在国内时,住了多年集体宿舍,单位终于分给一套一居室,后来住房再大再气派,也没有这样的快乐了。其实,许多人有类似的体验。问那些穷苦过的大款,他们现在经常山珍海味,可有过去吃到一顿普通的红烧肉快乐,回答必是否定的。

快乐与花钱多少无关。有时候,花掉很多钱,结果并不快乐。有时候,花很少的钱,买到情人喜欢的一件小礼物,孩子喜欢的一个小玩具,自己喜欢的一本书,就可以很快乐。得到也是如此。我收到的第一笔稿费只有几元钱,但当时快乐的心情远超过现在收到几千元的稿费。

伊壁鸠鲁早就说过:快乐较多依赖于心理,较少依赖于物质;更多的钱财不会使快乐超过有限钱财已经达到的水平。其实,物质所能带来的快乐终归是有限的,只有精神的快乐才有可能是无限的。

金钱只能带来有限的快乐,却可能带来无限的烦恼。一个看重钱的人,挣钱和花钱都是烦恼,他的心被钱占据,没有给快乐留下多少余地了。天下真正快乐的人,不管他钱多钱少,都必是超脱金钱的人。

## 可怕的不是钱,是贪欲

人们常把金钱称作万恶之源。照我看,这是错怪了金钱。钱本身在道德上是中性的,谈不上善恶。毛病不是出在钱上,而是出在对钱的态度上。可怕的不是钱,而是贪欲,即一种对钱贪得无厌的占有态度。当然,钱可能会刺激起贪欲,但也可能不会。无论在钱多钱少的人中,都有贪者,也都有不贪者。所以,关键还在人的素质。

贪与不贪的界限在哪里?我这么看:一个人如果以金钱本身或者它带来的奢侈生活为人生主要目的,他就是一个被贪欲控制了的人;相反,不贪之人只把金钱当作保证基本生活质量的手段,或者,在这个要求满足以后,把金钱当作实现更高人生理想的手段。

贪欲首先是痛苦之源。正如爱比克泰特所说:导致痛苦的不是贫穷,而是贪欲。苦乐取决于所求与所得的比例,与所得大小无关。以钱和奢侈为目的,钱多了终归可以更多,生活奢侈了终归可以更奢侈,争逐和烦恼永无宁日。

其次,贪欲不折不扣是万恶之源。在贪欲的驱使下,为官必贪,有权在手就拼命纳贿敛财,为商必不仁,为牟取暴利可以不顾他人死活。贪欲可以使人目中无法纪,心中无良知。今日社会上腐败滋生,不义横行,皆源于贪欲膨胀,当然也迫使人们叩问导致贪欲膨胀的体制之弊病。

贪欲使人堕落，不但表现在攫取金钱时的不仁不义，而且表现在攫得金钱后的纵欲无度。对金钱贪得无厌的，除了少数守财奴，多是为了享乐，而他们对享乐的唯一理解是放纵肉欲。基本的肉欲是容易满足的，太多的金钱就用来在放纵上玩花样，找刺激，必然的结果是生活糜烂，禽兽不如。有灵魂的人第一讲道德，第二讲品位，贪欲使人二者都不讲，成为没有灵魂的行尸走肉。

## 做钱的主人，不做钱的奴隶

有的人是金钱的主人，无论钱多钱少都拥有人的尊严。有的人是金钱的奴隶，一辈子为钱所役，甚至被钱所毁。

判断一个人是金钱的奴隶还是金钱的主人，不能看他有没有钱，而要看他对金钱的态度。正是当一个人很有钱的时候，我们能够更清楚地看出这一点来。一个穷人必须为生存而操心，我们无权评判他对钱的态度。

做金钱的主人，关键是戒除对金钱的占有欲，抱一种不占有的态度。也就是真正把钱看作身外之物，不管是已到手的还是将到手的，都与之拉开距离，随时可以放弃。只有这样，才能在金钱面前保持自由的心态，做一个自由人。凡是对钱抱占有态度的人，他同时也就被钱占有，成了钱的奴隶，如同古希腊哲学家彼翁在谈到一个富有的守财奴时所说："他并没有得到财富，而是财富得到了他。"

如何才算是做金钱的主人,哲学家的例子可供参考. 苏格拉底说:一无所需最像神。第欧根尼说:一无所有是神的特权,所需甚少是类神之人的特权。这可以说是哲学家的共同信念。多数哲学家安贫乐道,不追求也不积聚钱财。有一些哲学家出身富贵,为了精神的自由而主动放弃财产,比如古代的阿那克萨戈拉和现代的维特根斯坦。古罗马哲学家塞内卡是另一种情况,身为宫廷重臣,他不但不拒绝,而且享尽荣华富贵。不过,在享受的同时,他内心十分清醒,用他的话来说便是:"我把命运女神赐予我的一切——金钱、官位、权势——都搁置在一个地方,我同它们保持很宽的距离,使她可以随时把它们取走,而不必从我身上强行剥走。"他说到做到,后来官场失意,权财尽失,乃至性命不保,始终泰然自若。

## 钱考验人的素质

财富既可促进幸福,也可导致灾祸,取决于人的精神素质。金钱是对人的精神素质的一个考验。拥有的财富越多,考验就越严峻。大财富要求大智慧,素质差者往往被大财富所毁。

看一个人素质的优劣,我们可以看他:获取财富的手段是否正当,能否对不义之财不动心;对已得之财能否保持超脱的心情,看作身外之物;富裕之后是否仍乐于过相对简朴的生活。

奢华不但不能提高生活质量，往往还会降低生活质量，使人耽于物质享受，远离精神生活。只有在那些精神素质极好的人身上，才不会发生这种情况，而这又只因为他们其实并不在乎物质享受，始终把精神生活看得更珍贵。一个人在巨富之后仍乐于过简朴生活，正证明了灵魂的高贵，能够从精神生活中获得更大的快乐。

## 钱尤其考验企业家的素质

"财富"是我们时代最响亮的一个词，上至政治领袖，下至平民百姓，包括知识分子，都在理直气壮地说这个词了。过去不是这样，传统的宗教、哲学和道德都是谴责财富的，一般俗人即使喜欢财富，也羞于声张。公开讴歌财富，是资本主义造就的新观念。我承认这是财富观的一种进步。

不过，我们应当仔细分辨，这一新的财富观究竟新在哪里。按照韦伯的解释，资本主义精神的特点就在于，一方面把获取财富作为人生的重要成就予以鼓励，另一方面又要求节制物质享受的欲望。这里的关键是把财富的获取和使用加以分离了，获取不再是为了自己使用，在获取时要敬业，在使用时则要节制。很显然，新就新在肯定了财富的获取，只要手段正当，发财是光荣的。在财富的使用上，则继承了历史上宗教、哲学、道德崇尚节俭的传统，不管多么富裕，奢侈和挥霍仍是可耻的。

那么，怎样使用财富才是光荣的呢？既然不应该用于自己（包括子孙）消费，当然就只能是回报社会了，民间公益事业因之而发达。事实上，在西方尤其美国的富豪中，前半生聚财、后半生散财已成惯例。在获取财富时，一个个都是精明的资本家，在使用财富时，一个个仿佛又都成了慈善家、道德家和哲学家。当老卡耐基说出拥巨资而死者以耻辱终这句箴言时，你不能不承认他的确有一种哲人风范。

就中国目前的情况而言，发展民间公益事业的条件也许还不很成熟。但是，有一个问题是成功的企业家所共同面临的：钱多了以后怎么办？是仍以赚钱乃至奢侈的生活为唯一目标，还是使企业的长远目标、管理方式、投资方向等更多地体现崇高的精神追求和社会使命感，由此最能见出一个企业家素质的优劣。如果说能否赚钱主要靠头脑的聪明，那么，如何花钱主要靠灵魂的高贵。也许企业家没有不爱钱的，但是，一个好的企业家肯定还有远胜于钱的所爱，那就是有意义的人生和有理想的事业。

## 处世之道

### 1

一本浅薄的书,往往只要翻几页就可以察知它的浅薄。一本深刻的书,却多半要在仔细读完了以后才能领会它的深刻。

一个平庸的人,往往只要谈几句话就可以断定他的平庸。一个伟大的人,却多半要在长期观察了以后才能确信他的伟大。

我们凭直觉可以避开最差的东西,凭耐心和经验才能得到最好的东西。

### 2

尽量不动感情,作为一个认识者面对一切纷扰,包括针对你的纷扰,这可以使你占据一个优越的地位。这时候,那些本来使你深感屈辱的不公正行为都变成了供你认识的材料,从而减轻了它们对你的杀伤力。

### 3

有时候,最艰难、最痛苦的事情是做决

定。一旦做出,便只要硬着头皮执行就可以了。

## 4

一个人简单就会显得年轻,一世故就会显老。

## 5

看透大事者超脱,看不透大事者执著。看透小事者豁达,看不透小事者计较。

一个人可能超脱而计较,头脑开阔而心胸狭窄;也可能执著而豁达,头脑简单而心胸开朗。

还有一种人从不想大事,他们是天真的或糊涂的。

## 6

世上许多事,只要肯动手做,就并不难。万事开头难,难就难在人皆有懒惰之心,因为怕麻烦而不去开这个头,久而久之,便真觉得事情太难而自己太无能了。于是,以懒惰开始,以怯懦告终,懒汉终于变成了弱者。

## 7

在较量中,情绪激动的一方必居于劣势。

## 8

假如某人暗中对你做了坏事,你最好佯装不知。否则,只会增加他对你的敌意。他因为推测到你会恨他而愈益恨你了。

## 9

真诚如果不讲对象和分寸,就会沦为可笑。真诚受到玩弄,其狼狈不亚于虚伪受到揭露。

03

# 致脆弱的你
# 接受不完美

一个人对于人性有了足够的理解,他看人包括看自己的眼光就会变得既深刻又宽容,在这样的眼光下,一切隐私都可以还原成普遍的人性现象,一切个人经历都可以转化成心灵的财富。

## 把经历变成财富

人不光有智力,也就是认识能力,还有感受能力。如果说认识能力主要是面向世界的,那么,感受能力主要是面向人生的。当然,这只是相对而言,实际上两者难以分开,我们在认识世界时也在感受,我们在感受人生时也在认识。你在这个世界上生活,无论是在认识外部事物的过程中,还是在和人打交道的过程中,你的感情是参与的,你有顺心的时候,也有不顺心的时候,有些人你喜欢,有些人你讨厌,你会快乐或者痛苦。人带着感情生活,有好恶,有喜怒哀乐,在我看来这都是财富。不是说只有快乐才是财富,你遇到了讨厌的人,倒霉的事,就完全是损失了。如果说心灵是一本账簿,那么,对于这本账簿来说,没有支出,全是收入。

在生活中,我也跟大家一样,常有情感的波动。我会遇到我特别讨厌的人,那时候真是很愤怒,世界上怎么有这样的人,干这样的事,觉得无法忍受。可是,世界上有不义的人,这是一个客观事实,你改变不了这个事实，你也很难靠你个人的力量改变这种人，而你又不屑和他在同一个层面上较量。怎么办呢？我就翻开日记，把这种人的嘴脸描绘一通，作一番分析，这样心里就好过多了。当我这样做的时候，我是从使我纠结的具体事情中跳出来了，我的心就平静了，我比他站得高许多，是在他的上面观察他、分析他。我把自己当作一个认识者，把他当作认识的对象，当作一个标本，来解剖人性，认识社会，这样就把一个不快的经历变成了我的财富。

我很早就有这样一种意识，就是要把我的外部经历转化成内在的财富。怎么转化呢？主要就是通过写日记。纯粹外部的经历，你是留不住的，但是你是带着感情去经历的，内心会有感受，你要珍惜这种内心的感受，不让它轻易流逝，这样也就是以某种方式留住了你的经历。很多人生活一天天过下来，从小到大，过一天少一天，什么也没留住，我就说，你是把你的日子都消费掉了，这太可惜了。

经常有人问我：周老师，你是从什么时候开始写作的？我说惭愧，比韩寒、郭敬明差远了。我的第一本所谓成名之作是《尼采：在世界的转折点上》，那是1986年出版的，那个时候我已经四十一岁了。我现在多大了，你们知道吗？我1945年生，现在六十三岁。不像吧？我自己也觉得不像。

我写过一段话，意思是一想到我的年龄，我就觉得这是岁月加在我身上的一个污点。我不该是这么大岁数啊。言归正传，别人问我从什么时候开始写作，我总说是从五岁开始的。我五岁上小学一年级，会写字了，就自发地开始写日记了。一开始挺幼稚的，我爸爸经常带我到他的同事、朋友家玩，主人就会拿一点儿好吃的东西给我吃，无非是饼干、点心之类，那时候困难，吃到这些东西不容易。我就想：今天吃了，明天忘了，不就白吃了吗？不行，我要把它记下来。我自己做了一个小本子，哪天吃了什么，就记下来，然后翻开来看看，心里放心了，觉得没有白吃，都留下了。后来回顾，我发现是这样的：我已经意识到我的外部生活是会流逝的，我一定要用某种方式把它留住。通过写日记，我的确留住了我生活中很多好的滋味，当然这好的滋味就不仅仅是点心了，而是人生中的许多感受。

# 苦难

## 面对苦难

人生在世,免不了要遭受苦难。所谓苦难,是指那种造成了巨大痛苦的事件和境遇。它包括个人不能抗拒的天灾人祸,例如遭遇乱世或灾荒,患危及生命的重病乃至绝症,挚爱的亲人死亡。也包括个人在社会生活中的重大挫折,例如失恋、婚姻破裂、事业失败。有些人即使在这两方面运气都好,未尝吃大苦,却也无法避免那个一切人迟早要承受的苦难——死亡。因此,如何面对苦难,便是摆在每个人面前的重大人生课题。

我们总是想,今天如此,明天也会如此,生活将照常进行下去。

然而,事实上迟早会有意外事件发生,打断我们业已习惯的生活,总有一天我们的列车会突然翻出轨道。

"天有不测风云"——不测风云乃天之本性,"人有旦夕祸福"——旦夕祸福是无所不包的人生的题中应有之义,任何人不可心存侥幸,把自己独独看作例外。

人生在世,总会遭受不同程度的苦难,世上并无绝对的幸运儿。所以,不论谁想从苦难中获得启迪,该是不愁缺乏必要的机会和材料的。世态炎凉,好运不过尔尔。那种一交好运就得意忘形的浅薄者,我很怀疑苦难能否使他们变得深刻一些。

我一向声称一个人无须历尽苦难就可以体悟人生的悲凉,现在我知道,苦难者的体悟毕竟是有着完全不同的分量的。

人生的本质决非享乐,而是苦难,是要在无情宇宙的一个小小角落里奏响生命的凯歌。

一种西方的哲学教导我们趋乐避苦。一种东方的宗教教导我们摆脱苦与乐的轮回。可是,真正热爱人生的人把痛苦和快乐一齐接受下来。

幸福的反面是灾祸,而非痛苦。痛苦中可以交织着幸福,但灾祸绝无幸福可言。另一方面,痛苦的解除未必就是幸福,也可能是无聊。可是,当我们从一个灾祸中脱身出来的时候,我们差不多是幸福的了。

"大难不死,必有后福。"其实,"大难不死"即福,何需乎后福?

## 苦难的价值

人们往往把苦难看作人生中纯粹消极的、应该完全否定的东西。当然，苦难不同于主动的冒险，冒险有一种挑战的快感，而我们忍受苦难总是迫不得已的。但是，作为人生的消极面的苦难，它在人生中的意义也是完全消极的吗？

苦难与幸福是相反的东西，但它们有一个共同之处，就是都直接和灵魂有关，并且都牵涉到对生命意义的评价。在通常情况下，我们的灵魂是沉睡着的，一旦我们感到幸福或遭到苦难时，它便醒来了。如果说幸福是灵魂的巨大愉悦，这愉悦源自对生命的美好意义的强烈感受，那么，苦难之为苦难，正在于它撼动了生命的根基，打击了人对生命意义的信心，因而使灵魂陷入了巨大痛苦。生命意义仅是灵魂的对象，对它无论是肯定还是怀疑、否定，只要是真切的，就必定是灵魂在出场。外部的事件再悲惨，如果它没有震撼灵魂，也成为一个精神事件，就称不上是苦难。一种东西能够把灵魂震醒，使之处于虽然痛苦却富有生机的紧张状态，应当说必具有某种精神价值。

无人能完全支配自己在世间的遭遇，其中充满着偶然性，因为偶然性的不同，运气分出好坏。有的人运气特别好，有的人运气特别坏，大多数人则介于其间，不太好也不太坏。谁都不愿意运气特别坏，但是，运气特别好，太容易地得到了想要的一切，是否就一定好？恐怕未必。他们得到的东西是看得见的，但也许因此失去了虽然看不见却更宝贵的东西。天下幸运儿大抵浅薄，便是证明。我所说的幸运儿与成功者是两回事。真正的成功者必定经历过苦难、挫折和逆境，绝不是只靠运气好。

运气好与幸福也是两回事。一个人唯有经历过磨难，对人生有了深刻的体验，灵魂才会变得丰富，而这正是幸福的最重要源泉。如此看来，我们一生中既有运气好的时候，也有运气坏的时候，恰恰是最利于幸福的情形。现实中的幸福，应是幸运与不幸按适当比例的结合。

在设计一个完美的人生方案时，人们不妨海阔天空地遐想。可是，倘若你是一个智者，你就会知道，最美妙的好运也不该排除苦难，最耀眼的绚烂也要归于平淡。原来，完美是以不完美为材料的，圆满是必须包含缺憾的。最后你发现，上帝为每个人设计的方案无须更改，重要的是能够体悟其中的意蕴。

快感和痛感是肉体感觉，快乐和痛苦是心理现象，而幸福和苦难则仅仅属于灵魂。幸福是灵魂的叹息和歌唱，苦难是灵魂的呻吟和抗议，在两者中凸现的是对生命意义的或正或负的强烈体验。

幸福是生命意义得到实现的鲜明感觉。一个人在苦难中也可以感觉到生命意义的实现乃至最高的实现，因此苦难与幸福未必是互相排斥的。但是，在更多的情况下，人们在苦难中感觉到的却是生命意义的受挫。我相信，即使是这样，只要没有被苦难彻底击败,苦难仍会深化一个人对于生命意义的认识。

痛苦和欢乐是生命力的自我享受。最可悲的是生命力的乏弱,既无欢乐,也无痛苦。

多数时候,我们生活在外部世界上,忙于琐碎的日常生活,忙于工作、交际和娱乐,难得有时间想一想自己,也难得有时间想一想人生。可是,当我们遭到突如其来的灾难时,我们忙碌的身子一下子停了下来。灾难打断了我们所习惯的生活,同时也提供了一个机会,迫使我们与外界事物拉开了一个距离,回到了自己。只要我们善于利用这个机会,肯于思考,就会对人生获得一种新的眼光。一个历尽坎坷而仍然热爱人生的人,他胸中一定藏着许多从痛苦中提炼的珍宝。

古罗马哲学家认为逆境启迪智慧,佛教把对苦难的认识看作觉悟的起点,都自有其深刻之处。人生固有悲剧的一面,对之视而不见未免肤浅。

至于说以温馨为一种人生理想,就更加小家子气了。人生中有顺境,也有困境和逆境。困境和逆境当然一点儿也不温馨,却是人生最真实的组成部分,往往促人奋斗,也引人彻悟。我无意赞美形形色色的英雄、圣徒、冒险家和苦行僧,可是,如果否认了苦难的价值,就不复有壮丽的人生了。

领悟悲剧也须有深刻的心灵,人生的险难关头最能检验一个人的灵魂深浅。有的人一生接连遭到不幸,却未尝体验过真正的悲剧情感。相反，表面上一帆风顺的人也可能经历巨大的内心悲剧。

欢乐与欢乐不同，痛苦与痛苦不同，其间的区别远远超过欢乐与痛苦的不同。

对于一个视人生感受为最宝贵财富的人来说，欢乐和痛苦都是收入，他的账本上没有支出。这种人尽管敏感，却有很强的生命力，因为在他眼里，现实生活中的祸福得失已经降为次要的东西，命运的打击因心灵的收获而得到了补偿。陀思妥耶夫斯基在赌场上输掉的，却在他描写赌徒心理的小说中极其辉煌地赢了回来。

对于沉溺于眼前琐屑享受的人，不足与言真正的欢乐。对于沉溺于眼前琐屑烦恼的人，不足与言真正的痛苦。

我相信人有素质的差异。苦难可以激发生机，也可以扼杀生机；可以磨炼意志，也可以摧垮意志；可以启迪智慧，也可以蒙蔽智慧；可以高扬人格，也可以贬抑人格——全看受苦者的素质如何。素质大致规定了一个人承受苦难的限度，在此限度内，苦难的锤炼或可助人成材，超出此则会把人击碎。

这个限度对幸运同样适用。素质好的人既能承受大苦难，也能承受大幸运，素质差的人则可能兼毁于两者。

苦是性格的催化剂，它使强者更强，弱者更弱，暴者更暴，柔者更柔，智者更智，愚者更愚。

# 宽容人性的弱点

**1**

人这脆弱的芦苇是需要把另一支芦苇想象成自己的根的。

**2**

我喜欢的格言：人所具有的我都具有——包括弱点。

我爱躺在夜晚的草地上仰望星宿，但我自己不愿做星宿。

**3**

在人身上，弱点与尊严并非不相容的，也许尊严更多地体现在对必不可免的弱点的承受上。

**4**

我对人类的弱点怀有如此温柔的同情，远远超过对优点的钦佩，那些有着明显弱点的人更使我感到亲切。

【事业】

看一件事情是不是你的事业,有两个标准:一是真兴趣,你对它真正喜欢,做事情的过程本身就是最大的愉快,因而不再在乎外在的报酬和结果。这说明这个事情是真正适合于你的天赋,你的最好的能力在其中得到了运用和发展。另一是意义感,通过做这个事情,你感到你的生命意义、人生价值得到了实现。

## 5

有时候,我们需要站到云雾上来俯视一下自己和自己周围的人们,这样,我们对己对人都不会太苛求了。

## 6

人皆有弱点,有弱点才是真实的人性。那种自己认为没有弱点的人,一定是浅薄的人。那种众人认为没有弱点的人,多半是虚伪的人。

人生皆有缺憾,有缺憾才是真实的人生。那种看不见人生缺憾的人,或者是幼稚的,或者是麻木的,或者是自欺的。

正是在弱点和缺憾中,在对弱点的宽容和对缺憾的接受中,人幸福地生活着。

## 7

有时候,我会对人这种小动物忽然生出一种古怪的怜爱之情。他们像别的动物一样出生和死亡,可是有着一些别的动物无法想象的行为和嗜好。其中,最特别的是两样东西:货币和文字。这两样东西在养育他们的自然中一丁点儿根据也找不到,却使多少人迷恋了一辈子,一些人热衷于摆弄和积聚货币,另一些人热衷于摆弄和积聚文字。由自然的眼光看,那副热衷的劲头是同样可笑的。

## 8

人渴望完美而不可得,这种痛苦如何才能解除?

我答道:这种痛苦本身就包含在完美之中,把它解除了反而不完美了。

我心中想:这么一想,痛苦也就解除了。接着又想:完美也失去了。

## 悲观·执著·超脱

**1**

我相信，每个正常的人内心深处都有一点悲观主义，一生中有些时候难免会受人生虚无的飘忽感的侵袭。区别在于，有的人被悲观主义的阴影笼罩住了，失却了行动的力量，有的人则以行动抵御悲观主义，为生命争得了或大或小的地盘。悲观主义在理论上是驳不倒的，但生命的实践能消除它的毒害。

**2**

最凄凉的不是失败者的哀鸣，而是成功者的悲叹。在失败者心目中，人间尚有值得追求的东西：成功。但获得成功仍然悲观的人，他的一切幻想都破灭了，他已经无可追求。失败者仅仅悲叹自己的身世；成功者若悲叹，必是悲叹整个人生。

**3**

我相信一切深刻的灵魂都蕴藏着悲观。当然，真正深刻的灵魂决不会沉溺于悲观。

悲观本源于爱,为了爱又竭力与悲观抗争,反倒有了超乎常人的创造。不过,深刻更在于,无论获得多大成功,也消除不了内心蕴藏的悲观,因而终能以超脱的眼光看待这成功。如果一种悲观可以轻易被外在的成功打消,我敢断定那不是悲观,而只是肤浅的烦恼。

4

执著是惑,悲观何尝不是惑?因为看破红尘而绝望、厌世乃至轻生,骨子里还是太执著,看不破,把红尘看得太重。这就好像一个热恋者急忙逃离不爱他的心上人一样。真正的悟者则能够从看破红尘获得一种眼光和睿智,使他身在红尘也不被红尘所惑,入世仍保持着超脱的心境。假定他是那个热恋者,那么现在他已经从热恋中解脱出来,对于不爱他的心上人既非苦苦纠缠,亦非远远躲避,而是可以平静地和她见面了。

5

古往今来,尽管人生虚无的悲论不绝如缕,可是劝人执著人生爱惜光阴的教诲更是谆谆在耳。两相比较,执著当然比悲观明智得多。悲观主义是一条绝路,冥思苦想人生的虚无,想一辈子也还是那么一回事,绝不会有柳暗花明的一天,反而窒息了生命的乐趣。不如把这个虚无放到括号里,集中精力做好人生的正面文章。

## 6

我们不妨站到上帝的位置上看自己的尘世遭遇,但是,我们永远是凡人而不是上帝。所以,每一个人的尘世遭遇对于他自己仍然具有特殊的重要性。当我们在黑暗中摸索前行时,那把我们绊倒的物体同时也把我们支撑,我们不得不抓牢它们,为了不让自己在完全的空无中行走。

## 7

在无穷岁月中,王朝更替只是过眼烟云,千秋功业只是断碑残铭。此种认识,既可开阔胸怀,造就豪杰,也可消沉意志,培育弱者。看破红尘的后果是因人而异的。

## 8

我们不妨眷恋生命,执著人生,但同时也要像蒙田说的那样,收拾好行装,随时准备和人生告别。入世再深,也不忘它的限度。这样一种执著有悲观垫底,就不会走向贪婪。有悲观垫底的执著,实际上是一种超脱。

## 9

超脱是悲观和执著两者激烈冲突的结果,又是两者的和解。我心中有悲观,也有执著。我愈执著,就愈悲观;愈悲观,就愈无法执著，陷入了二律背反。我干脆把自己分裂为二，看透那个执著的我是非我，任他去执著。执著没有悲观掣肘，便可放手执著。悲观扬弃执著，也就成了超脱。不仅把财产、权力、名声之类看作身外之物，而且把这个终有一死的"我"也看作身外之物，如此才有真正的超脱。

## 10

由于只有一个人生，颓废者因此把它看作零，堕入悲观的深渊。执迷者又因此把它看作全，激起占有的热望。两者均未得智慧的真髓。智慧是在两者之间，确切地说，是包容了两者又超乎两者之上。人生既是零，又是全，是零和全的统一。用全否定零，以反抗虚无，又用零否定全，以约束贪欲，智慧走着这螺旋形的路。

## 11

一个人热爱人生便不能不执著，洞察人生真相便不能不悲观，两者激烈冲突又达成和解的结果就是超脱。所以，超脱实质上是一种有悲观约束的执著，有执著约束的悲观。仔细分析起来，其中始终包含着悲观和执著两种因素，只是两者之间已经形成一种恰当的关系，不再趋于一端罢了。我不相信世上有一劳永逸彻悟人生的"无上觉者"，如果有，他也业已涅槃成佛，不属于这个活人的世界了。

## 【追求】

每个追求者都渴望成功,然而还有比成功更宝贵的东西,这就是追求本身。我宁愿做一个未必成功的追求者,而不愿是一个不再追求的成功者。如果说成功是青春的一个梦,那么,追求即是青春本身,是一个人心灵年轻的最好证明。谁追求不止,谁就青春长在。一个人的青春是在他不再追求的那一天结束的。

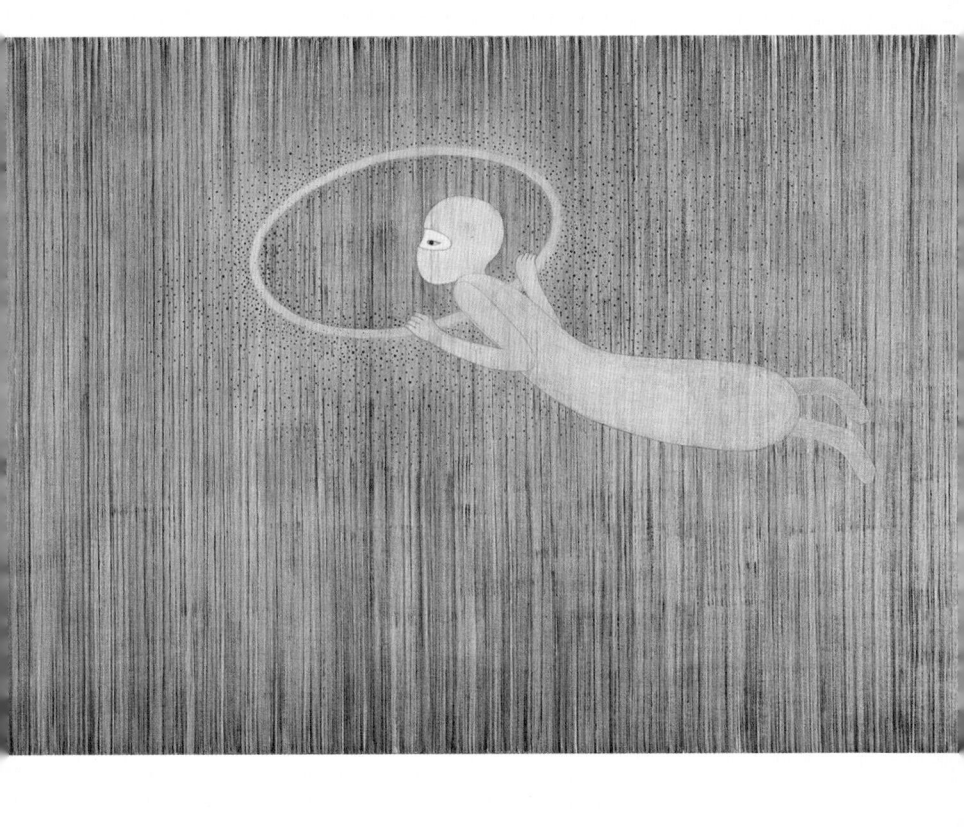

## 承受不幸

**1**

古希腊哲人彼亚斯说："一个不能承受不幸的人是真正不幸的。"彼翁说了相同意思的话："不能承受不幸本身就是一种巨大的不幸。"

为什么这样说呢？

首先是因为，不幸对一个人的杀伤力取决于两个因素，一是不幸的程度，二是对不幸的承受力，而后者更为关键。一个能够承受不幸的人，实际上是减小了不幸对自己的杀伤力，尤其是不让它伤及自己的生命核心。相反，一个不能承受的人，同样的不幸就可能使他元气大伤，一蹶不振，甚至因此毁灭。因此，看似遭遇了同样的不幸，结果是完全不一样的。

其次，一个不能承受的人，即使暂时没有遭遇不幸，因为他的内在的脆弱，他身上就好像已经埋着不幸的种子一样。在现实生活中，大大小小的不幸总是难免的，因此，他被不幸击倒只是迟早的事情。

做一个能够承受不幸的人,这是人生观的重要内容。承受不幸不仅是一种能力,来自坚强的意志,更是一种觉悟,来自做人的尊严、与身外遭遇保持距离的智慧和超越尘世遭遇的信仰。

## 2

人生中有的遭遇是没有安慰也没有补偿的,只能全盘接受。我为接受找到的唯一理由是,人生在总体上就是悲剧,因此就不必追究细节的悲惨了。塞内加在相似意义上说:"何必为部分生活而哭泣?君不见全部人生都催人泪下。"

## 3

人生最无法超脱的悲苦正是在细部,哲学并不能使正在流血的伤口止痛,对于这痛,除了忍受,我们别无办法。但是,我相信,哲学、宗教所启示给人的那种宏观的超脱仍有一种作用,就是帮助我们把自己从这痛中分离出来,不让这痛把我们完全毁掉。

## 4

人生难免遭遇危机，能主动应对当然好，若不能，就忍受它，等待它过去吧。

## 5

身陷任何一种绝境，只要还活着，就必须把绝境也当作一种生活，接受它的一切痛苦，也不拒绝它仍然可能有的任何微小的快乐。

身处绝境之中，最忌讳的是把绝境与正常生活进行对比，认为它不是生活，这样会一天也忍受不下去。如果要作对比，干脆放大尺度，把自己的苦难放到宇宙的天平上去称一称。面对宇宙，一个生命连同它的痛苦皆微不足道，可以忽略不计。

## 6

越是面对大苦难，就越要用大尺度来衡量人生的得失。在岁月的流转中，人生的一切祸福都是过眼烟云。在历史的长河中，灾难和重建乃是寻常经历。

## 7

年少之时，我们往往容易无病呻吟，夸大自己的痛苦，甚至夸耀自己的痛苦。究其原因，大约有二：其一，是对人生的无知，没有经历过大痛苦，就把一点儿小烦恼当成了大痛苦；其二，是虚荣心，在文学青年身上尤其突出，把痛苦当作装饰和品位，显示自己与众不同。只是到了真正饱经沧桑之后，我们才明白，人生的小烦恼是不值得说的，大痛苦又是不可说的。

  我们把痛苦当作人生本质的一个组成部分接受下来，带着它继续生活。如果一定要说，我们就说点别的，比如天气。辛弃疾词云"却道天凉好个秋"——这个结尾意味深长，是不可说之说，是辛酸的幽默。

## 论嫉妒

**1**

嫉妒基于竞争。领域相异,不成竞争,不易有嫉妒。所以,文人不嫉妒名角走红,演员不嫉妒巨商暴富。当然,如果这文人骨子里是演员,这演员骨子里是商人,他们又会嫉妒名角巨商,渴望走红暴富,因为都在名利场上,有了共同领域。

在同一领域内,人对于远不及己者和远胜于己者也不易有嫉妒,因为水平悬殊,亦不成竞争。嫉妒最易发生在水平相当的人之间,他们之间最易较劲。当然,上智和下愚究属少数,多数人挤在中游,所以嫉妒仍是普遍的。

**2**

伟大的成功者不易嫉妒,因为他远远超出一般人,找不到足以同他竞争、值得他嫉妒的对手。

悟者比伟大的成功者更不易嫉妒,因为

他懂得人生的限度，这时候他几乎像一位神一样俯视人类，而在神的眼里，人类有什么成功伟大得足以使他嫉妒呢？一个看破了一切成功之限度的人是不会夸耀自己的成功、也不会嫉妒他人的成功的。

## 3

对于别人的成功，我们在两种情形下愿意宽容。一是当这种成功是我们既有能力也有机会获得的，而我们却并不想去获得，这时我们仿佛站在这种成功之上，有了一种优越感。另一是当这种成功是我们既没有能力也没有机会获得的，我们因此也就不会想去获得，这时我们仿佛站得离这种成功太远，有了一种淡漠感。

倘若别人的成功是我们有能力却没有机会获得的，或者有机会却没有能力获得的，我们当警惕，因为嫉妒这个恶魔要乘虚而入了。

## 4

当我们缺少一样必需的东西时，我们痛苦了。当我们渴求一样并非必需的东西而不可得时，我们十倍地痛苦了。当我们不可得而别人却得到了时，我们百倍地痛苦了。

就所给予我们的折磨而言，嫉妒心最甚，占有欲次之，匮乏反倒是最小的。

## 5

嫉妒是对别人的快乐（幸福、富有、成功等等）所感觉到的一种强烈而阴郁的不快。

在人类心理中，也许没有比嫉妒更奇怪的感情了。一方面，它极其普遍，几乎是人所共有的一种本能。另一方面，它又似乎极不光彩，人人都要把它当作一桩不可告人的罪行隐藏起来。结果，它便转入潜意识之中，犹如一团暗火灼烫着嫉妒者的心，这种酷烈的折磨真可以使他发疯、犯罪乃至杀人。

## 6

成功有两个要素，一是能力和品质，二是环境和机遇。因此，对成功者的嫉妒也相应有两种情况，一是平庸之辈的嫉贤妒能，另一是怀才不遇者的愤世嫉俗。

## 7

当嫉妒不可遏止时，会爆发为仇恨。当嫉妒可以遏止时，会化身为轻蔑。

在仇恨时，嫉妒肆无忌惮地瞪视它的目标。在轻蔑时，嫉妒转过脸去不看它的目标。

## 8

嫉妒是蔑视个人的道德的心理根源之一。每一个人按其本性都是不愿意遭到抹杀的,但是,嫉妒使人宁肯自己被抹杀也不让更优秀者得到发扬。在一概抹杀之中,他感到一种相对的满足:与损失更大的人相比,他几乎可以算是获利了。

## 9

既然嫉妒人皆难免,也许就不宜把它看作病或者恶,而应该看作中性的东西。只有当它伤害自己时,它才是病。只有当它伤害别人时,它才是恶。

## 10

一个精神上自足的人是不会羡慕别人的好运气的,尤其不羡慕低能儿的好运气。

## 11

我所厌恶的人,如果不肯下地狱,就让他们上天堂吧,只要不在我眼前就行。

我的嫉妒也有洁癖。我决不会嫉妒我所厌恶的人,哪怕他们在天堂享福。

# 论自卑

## 1

有两种自卑：一种是面对上帝的自卑，这种人心怀对于无限的敬畏和谦卑之情，深知人类一切成就的局限，在任何情况下都不会忘乎所以，不会狂妄；另一种是面对他人的自卑，这种人很在乎在才智、能力、事功或任何他所看重的方面同别人比较，崇拜强者，相应地也就藐视弱者，因此自卑很容易转变为自大。

也许有人会说：前一种自卑者骨子里其实最骄傲，因为他只敬畏上帝，而这就意味着看不起一切凡人。

然而事实是，既然他明白自己也是凡人，他就不会看不起别的凡人。只是由于他深知人类的局限，他对别人的成就只会欣赏，不会崇拜，对别人的弱点倒是很容易宽容。总之，他不把人当作神，所以对人不迷信也不苛求，不亢也不卑。

## 2

我信任自卑者远远超过信任自信者。

据我所见，自卑者多是两个极端：其一的确是弱者，并且知道自己的弱，于是自卑。这种人至少有自知之明，因而值得我们尊重。其二是具有某种异常天赋的人，他隐约感觉到却不敢相信自己有这样的天赋，于是自卑。这种人往往极其敏感，容易受挫乃至夭折，其幸运者则会成为成功的天才。

而我所见到的过于自信者多半是一些浅薄的家伙，他们不是低能但也决非大材，大抵属于中等水平，但由于目标过低，便使他们自视过高，露出了一副踌躇满志的嘴脸。我说他们目标过低，是在精神层次的意义上说的。凡狂妄自大者，其所追逐和所夸耀的成功必是功利性的。在有着崇高的精神追求的人中间，我不曾发现过哪怕一个自鸣得意之辈。

## 3

一般而言，性格内向者容易自卑，性格外向者容易自信。不过，事实上，这种区分只具有非常相对的性质。在同一个人身上，自卑和自信往往同时并存，交替出现，乃至激烈格斗。也许最有力量的东西总是埋藏得最深，当我在哀怜苍生的面容背后发现一种大自信，在扭转乾坤的手势上读出一种大自卑，我的心不禁震惊了。

## 4

自卑、谦虚、谦恭之间有着重要的区别。在谦虚的风度和谦恭的姿态背后，我们很难找到自卑。毋宁说，谦虚是自信以本来面目坦然出场,谦恭则是自信戴着自卑的面具出场。

## 5

其实,对自卑和自信做笼统的评价是没有意义的,我的襃自卑而贬自信仅是对习见的反拨。按照通常的看法,自卑是一种病态心理,自信则是一种健康心态;或者,自卑是一种消极的生活态度,自信则是一种积极的生活态度。我想指出的是:自卑也有其正面的价值,自信也有其负面的作用。

我丝毫不否认自信在生活中有着积极的用处。一个人在处世和做事时必须具备基本的自信,否则绝无奋斗的勇气和成功的希望。但是,倘若一个人从来不曾有过自卑的时候,则我敢断定他的奋斗是比较平庸的,他的成功是比较渺小的。

也许可以说,自卑的价值是形而上的,自信的用处是形而下的。

## 6

的确,我曾说过,一切成功的天才之内心都隐藏着某种自卑。可是,倘若有人因此而要把自卑列入成功之道,向世人推荐,则我对他完全无话可说。如果非说不可,我也只能告诉他两个最简单的道理:

其一,人可以培养自信,却无法培养自卑;

其二,就世俗的成功而言,自信肯定比自卑有用得多。

那么,你去教导世人如何培养自信吧——这正是你一向所做的。

## 悔恨、内疚和自欺

**1**

悔恨的前提是假定有选择的自由。一个人在可以作出正确选择的情况下，却作了错误的选择，并且身受其祸，便会感到悔恨。如果无可选择，即使祸害发生，感到的也不是悔恨，而只是悲伤。悲伤面对的是单纯的事实，悔恨却包含着复杂的推理，它在事情发生之后追溯其原因，审视过去的行为，设想别种可能性，而它的全部努力就在于证明已经发生的事情原是可以避免的。

再进一步，当一个选择的后果不仅关涉到自己，而且关涉到他人尤其是自己所爱的人的命运时，悔恨中必定还包含着内疚，并且被这内疚强化。内疚是因为意识到自己对于选择及其后果的伦理责任而感到的痛苦。如果只是自食其果，与他人无干，就只会悔恨，不会内疚。

**2**

悔恨是一种事后的聪明。在悔恨者眼

里，往事是一目了然的。他已经忘记了当初选择时错综复杂的困境和另一种可能的选择的恶果。此时此刻，已实现的这种选择的恶果使他成了那种未实现的选择的狂信者。他相信，如果允许他重新选择，他将不会有丝毫犹豫。

选择的困难在于，一个人永远不可能依靠自身的经验来对不同的选择作比较。无论当时，还是事后，比较都是在想象中进行的。一旦作出一个选择，即意味着排除了其余一切可能的选择，从而也排除了检验它们的可能性。在作出选择之后，选择的困境丝毫没有消除，迟早会转化为反省的困境再度折磨我们。关于这一点，克尔凯郭尔说过一句很准确的话："在反省的海洋上，我们无法向任何人呼救，因为每一个救生圈都是辩证的。"所以，当一个人面临不可逃脱的厄运时，无论他怎么选择，悔恨已是他的宿命。所谓两害相权取其轻，这轻重怎么衡量？只要你取了，受了，那身受之害永远是最重的！

## 3

尽管希望已经破灭，自欺的需要依然存在。希望仅是自欺的浪漫形态，自欺还有其不浪漫的形态——习惯。当一个人不怀任何希望地延续着一个明知毫无意义的习惯时，他便如同强迫症患者一样，仍是在以自欺的方式逃避现实。如果说希望的自欺是逃向未来，那么，习惯的自欺就是逃向过去，试图躲藏在一个曾经含有希望的行为之中。

## 4

凡是在命运重大关头逃避选择的人,自欺是必有的心态。他既不能承认自己放弃了选择,因为他的命运处在千钧一发之际,他必须相信他正在作出重大决定。他又不能承认自己已经作了选择,因为他面临一失足成千古恨的危险,他必须相信事情尚有回旋的余地。他在不同的选择之间游移,甚至究竟是否作了选择也始终是模棱两可的,借此保持一种自由的幻想,如果这幻想破灭,则保留向决定论撤退的权利。

04

# 致沉默的你
# 人群中取暖

人皆有与人共享快乐的需要。你一定有这样的体会:当你快乐的时候,如果这快乐没有人共享,你就会感到一种欠缺。

## 交往的界限

### 1

一切交往都有不可超越的最后界限。在两个人之间,这种界限是不清晰的,然而又是确定的。一切麻烦和冲突都起于无意中想突破这个界限。但是,一旦这个界限清晰可辨并且严加遵守,那么,交往的全部魅力就丧失了,从此情感退场,理智维持着秩序。

### 2

在任何两人的交往中,必有一个适合于彼此契合程度的理想距离,越过这个距离,就会引起相斥和反感。这一点既适用于爱情,也适用于友谊。

也许,两个人之间的外在距离稍稍大于他们的内在距离,能使他们之间情感上的吸引力达到最佳效果。形式应当稍稍落后于内容。

### 3

社会是一个使人性复杂化的领域。当

然，没有人能够完全脱离社会而生活。但是，也没有人必须为了社会放弃自己的心灵生活。对于那些精神本能强烈的人来说，节制社会交往和简化社会关系乃是自然而然的事情。正因为如此，他们才能够越过社会的壁障而走向伟大的精神目标。

## 4

人们常常误认为，那些热心于社交的人是一些慷慨之士。泰戈尔说得好，他们只是在挥霍，不是在奉献，而挥霍者往往缺乏真正的慷慨。

那么，挥霍与慷慨的区别在哪里呢？我想是这样的：挥霍是把自己不珍惜的东西拿出来，慷慨是把自己珍惜的东西拿出来。社交场上的热心人正是这样，他们不觉得自己的时间、精力和心情有什么价值，所以毫不在乎地把它们挥霍掉。相反，一个珍惜生命的人必定宁愿在孤独中从事创造，然后把最好的果实奉献给世界。

## 5

健全的人际关系和社会秩序靠的是尊重，而不是爱。道理很简单：你只能爱少数的人，但你必须尊重所有的人。

爱你的仇人——太矫情了吧。尊重你的仇人——这是可以做到的。孔子很懂这个道理,他反对以德报怨,主张以直报怨。

## 己所欲，勿施于人

中外圣哲都教导我们："己所不欲，勿施于人。"这是要我们将心比心，不把自己视为恶、痛苦、灾祸的东西强加于人。己所不欲却施于人，损人利己，把自己的快乐建立在别人的痛苦之上，这种行径当然是对别人的严重侵犯。然而，这只是事情的一个方面。

另一方面，自己视为善、快乐、幸福的东西，难道就可以强加于人了吗？要是别人并不和你一样认为它们是善、快乐、幸福，这样做岂不也是对别人的一种严重侵犯？在实际生活中，更多的纷争的确起于强求别人接受自己的趣味、观点、立场等等。大至在信仰问题上，试图以自己所信奉的某种教义统一天下，甚至不惜为此发动战争。小至在思维方式上，在生活习惯上，在艺术欣赏上，在文学批评上，人们很容易以自己所是为是，斥别人所是为非。即使在一个家庭的内部，夫妇间改造对方趣味的斗争也是屡见不鲜的。

事情的这一个方面往往遭到了忽视。人们似乎认为，以己不欲施于人是明显的恶，出发点是害人，以己所欲施于人的动机却是好的，是为了助人、救人、造福于人。殊不知在人类历史上，以救主自居的世界征服者们造成的苦难远远超过普通的歹徒。我们应该记住，己所欲未必是人所欲，同样不可施于人。如果说"己所不欲，勿施于人"是一个文明人的起码品德，它反对的是对他人的故意伤害，主张自己活也让别人活，那么，"己所欲，勿施于人"便是一个文明人的高级修养，它尊重的是他人的独立人格和精神自由，进而提倡自己按自己的方式活，也让别人按别人的方式活。

怎样算是替他人着想，有两种截然相反的理解。在一种人看来，这意味着尊重他人的个别性，不把自己的愿望强加于人，不随意搅扰别人，不使他人为难。在另一种人看来，这意味着乐于助人，频频向人表示关心，一种异乎寻常的热心肠。两者的差异源于个性和观念的不同，他们要求于他人的东西也同样是不同的。

以互相理解为人际关系的鹄的，其根源就在于不懂得人的心灵生活的神秘性。按照这一思路，人们一方面非常看重别人是否理解自己，甚至公开索取理解。至少在性爱中，索取理解似乎成了一种最正当的行为，而指责对方不理解自己则成了最严厉的谴责，有时候还被用作破裂前的最后通牒。另一方面，人们又非常踊跃地要求理解别人，甚至以此名义强迫别人袒露内心的一切，一旦遭到拒绝，便斥以缺乏信任。

在爱情中，在亲情中，在其他较亲密的交往中，这种因强求理解和被理解而造成的有声或无声的战争，我们见得还少吗？可是，仔细想想，我们对自己又真正理解了多少？一个人懂得了自己理解自己之困难，他就不会强求别人完全理解自己，也不会奢望自己完全理解别人了。

【救世主】

真正的救世主就在我们每个人身上,便是那个清明宁静的自我。这个自我即是我们身上的神性,只要我们能守住它,就差不多可以说上帝和我们同在了。守不住它,一味沉沦于世界,我们便会浑浑噩噩,随波漂荡,世界也将沸沸扬扬,永无得救的希望。

## 沟通的必要和限度

### 1

人皆有与人共享快乐的需要。你一定有这样的体会：当你快乐的时候，如果这快乐没有人共享，你就会感到一种欠缺。譬如说，你独自享用一顿美餐，无论这美餐多么丰盛，你也会觉得有点凄凉而乏味。如果餐桌旁还坐着你的亲朋好友，情形就大不一样了。同样，你看到了一种极美丽的景色，如果唯有你一人看到，而且不准你告诉任何人，这不寻常的经历不但不能使你满足，甚至会成为你的内心痛苦。

### 2

乘飞机，突发奇想：如果在临死前，譬如说这架飞机失事了，我从空中摔落，而这时我看到了极美的景色，获得了极不寻常的体验，这经历和体验有没有意义呢？由于我不可能把它们告诉别人，它们对于别人当然没有意义。对于我自己呢？人们一定会说：既然你顷刻间就死了，这种经历和体验亦随你而毁灭,在世上不留任何痕迹,它们对你也没有意义。可是,同样的逻辑难道不是适用于我一生中任何时候的经历和体验吗?不对,你过去的经历和体验或曾诉诸文字,或曾传达给他人,因而已经实现了社会的功能。那么,意义的尺度归根结底是社会的吗?

3

"假如把你放逐到火星上去,只有你一个人,永远不能再回地球接触人类,同时让你长生不老,那时你做什么?"

"写作。"

"假如你的作品永远没有被人读到的希望?"

"自杀。"

4

我相信,一颗优秀的灵魂,即使永远孤独,永远无人理解,也仍然能从自身的充实中得到一种满足,它在一定意义上是自足的。但是,前提是人类和人类精神的存在,人类精神的基本价值得到肯定。唯有置身于人类中,你才能坚持对于人类精神价值的信念,从而有精神上的充实自足。优秀灵魂的自爱其实源于对人类精神的泛爱。如果与人类精神永远隔绝，譬如说沦入无人地带或哪怕是野蛮部落之中，永无生还的希望，思想和作品也永无传回人间的可能，那么，再优秀的灵魂恐怕也难以自足了。

5

独特，然后才有沟通。毫无特色的平庸之辈厮混在一起，只有猥琐，岂可与语沟通。每人都展现出自己独特的美，开放出自己的奇花异卉，每人也都欣赏其他一切人的美，人人都是美的创造者和欣赏者，这样的世界才是赏心悦目的人类家园。

6

孤独中有大快乐，沟通中也有大快乐，两者都属于灵魂。一颗灵魂发现、欣赏、享受自己所拥有的财富，这是孤独的快乐。如果这财富也被另一颗灵魂发现了，便有了沟通的快乐。所以，前提是灵魂的富有。对于灵魂贫乏之辈，不足以言这两种快乐。

7

在体察别人的心境方面，我们往往都很粗心。人人都有自己的烦恼事，都不由自主地被琐碎的日常生活推着走，谁有工夫来注意你的心境，注意到了又能替你做什么呢？当心灵的重负使你的精神濒于崩溃，只要减一分便能得救时，也未必有人动这一举手之劳，因为具备这个能力的人多半觉得自己有更重要的事要做，压根儿想不到那一件他轻易能做到的小事竟会决定你的生死。

心境不能沟通，这是人类生存的基本境遇之一，所以每个人在某个时刻都会觉得自己是被弃的孤儿。

## 8

我们不妨假定，人的心灵是有质和量的不同的。质不同，譬如说基本的人生态度和价值取向格格不入，所谓"道不同不相为谋"，沟通就无从谈起。质相同，还会有量的差异。两个人的精神品质基本一致，灵魂内涵仍会有深浅宽窄之别，其沟通的深度和广度必然会被限制在那比较浅窄的一方的水平上。即使两个人的水平相当，在他们心灵的各个层次上也仍然会存在着不同的岔路和拐角，从而造成一些局部的沟通障碍。

我的这个描述无疑有简单化的毛病。我只是想说明，人与人之间的完全沟通是不可能的，因而不同程度的隔膜是必然存在的。既然如此，任何一种交往要继续下去，就必须是能够包容隔膜的。

## 9

不要企图用关爱去消除一切隔膜,这不仅是不可能的,而且会使关爱蜕变为精神强暴。一种关爱不论来自何方,它越是不带精神上的要求,就越是真实可信,母爱便是一个典型的例证。关爱所给予的是普通的人间温暖,而在日常生活中,我们真正需要并且可以期望获得的也正是这普通的人间温暖。至于心灵的沟通,那基本上是一件可遇不可求的事情,因而对之最适当的态度是顺其自然。

# 论友谊

**1**

对于人际关系，我逐渐总结出了一个最合乎我的性情的原则，就是互相尊重，亲疏随缘。我相信，一切好的友谊都是自然而然形成的，不是刻意求得的。我还认为，再好的朋友也应该有距离，太热闹的友谊往往是空洞无物的。

**2**

与人相处，如果你感到格外的轻松，在轻松中又感到真实的教益，我敢断定你一定遇到了你的同类，哪怕你们从事着截然不同的职业。

**3**

哲学家、诗人、音乐家、画家都有自己的行话。有时候，不同的行话说着同一个意思。有时候，同一种行话说着不同的意思。

隔行如隔山，但没有翻越不了的山头，

灵魂之间的鸿沟却是无法逾越的。

我们对同行说行话，对朋友吐心声。

人与人之间最深刻的区分不在职业，而在心灵。

## 4

看到书店出售教授交际术成功术之类的畅销书，我总感到滑稽。一个人对某个人有好感，和他或她交了朋友，或者对某件事感兴趣，想方设法把它做成功，这本来都是自然而然的。不熟记要点就交不了朋友，不乞灵秘诀就做不成事业，可见多么缺乏真情感真兴趣了。但是，没有真情感，怎么会有真朋友呢？没有真兴趣，怎么会有真事业呢？既然如此，又何必孜孜于交际和成功？这样做当然有明显的功利动机，但那还是比较表面的，更深的原因是精神上的空虚，于是急于找捷径躲到人群和事务中去。我不知道其效果如何，只知道如果这样的交际家走近我身旁，我一定会更感寂寞，如果这样的成功者站在我面前，我一定会更觉无聊的。

## 5

读书如交友，但至少有一个例外，便是读那种传授交友术的书。

交友术兴，真朋友亡。

## 6

友谊是宽容的。正因为如此,朋友一旦反目,就往往不可挽回,说明他们的分歧必定十分严重,已经到了不能宽容的地步。

只有在好朋友之间才可能发生绝交这种事,过去交往愈深,现在裂痕就愈难以修复,而维持一种泛泛之交又显得太不自然。至于本来只是泛泛之交的人,交与不交本属两可,也就谈不上绝交了。

## 7

外倾性格的人容易得到很多朋友,但真朋友总是很少的。内倾者孤独,一旦获得朋友,往往是真的。

## 8

我心目中的朋友,既非泛泛之交的熟人,也不必是心心相印的知己,程度当在两者之间。在这世界上有若干个人,不见面时会互相惦记,见了面能感觉到一种默契,在一起度过一段愉快的时光,他们便是我心目中的朋友了。

## 9

这是一个孤独的人。有一天,世上许多孤独的人发现了他的孤独,于是争着要同他交朋友。他困惑了:他们因为我的孤独而深信我是他们的朋友,我有了这么多朋友,就不再孤独,如何还有资格做他们的朋友呢?

## 10

获得理解是人生的巨大欢乐。然而,一个孜孜以求理解、没有旁人的理解便痛不欲生的人却是个可怜虫,把自己的价值完全寄托在他人的理解上面的人往往并无价值。

## 11

某哲人说:朋友如同衣服,会穿旧的,需要时时更新。我的看法相反:朋友正是那少数几件舍不得换掉的旧衣服。新衣服当然不妨穿一穿,但是,能不能成为朋友,不到穿旧之时是判断不了的。

## 12

异性之间的友谊当然不能排除性吸引的因素,但它仍然可以是一种真正的友谊。在这种情况下,性的神秘力量因客观情境或主观努力而被限制在一个有益无害的地位,既可为异性友谊罩上一种为同性友谊所未有的温馨情趣,又不致像爱情那样激起一种疯狂的占有欲。在我看来,如果能持久地做到这一点,这便是异性之间最美好的一种关系。

# 角色

## 1

"成为你自己!"——这句话如同一切道德格言一样知易行难。我甚至无法判断,我究竟是否已经成为了我自己。角色在何处结束,真实的自我在何处开始,这界限常常是模糊的。有些角色仅是服饰,有些角色却已经和我们的躯体生长在一起,如果把它们一层层剥去,其结果比剥葱头好不了多少。

演员尚有卸妆的时候,我们却生生死死都离不开社会的舞台。在他人目光的注视下,甚至隐居和自杀都可以是在扮演一种角色。

也许,只有当我们扮演某个角色露出破绽时,我们才得以一窥自己的真实面目。

## 2

人在社会上生活,不免要担任各种角色。但是,倘若角色意识过于强烈,我敢断言一定出了问题。一个人把他所担任的角色看得比他的本来面目更重要,无论如何暴露了一种内在的空虚。我不喜欢和一切角色意识太强烈的人打交道,例如名人意识强烈的名流、权威意识强烈的学者、长官意识强烈的上司等等,那会使我感到太累。我不相信他们自己不累,因为这类人往往也摆脱不掉别的角色感,在儿女面前会端起父亲的架子,在自己的上司面前要表现下属的谦恭,就像永不卸妆的演员一样。人之所以扮演一定的社会角色也许是迫不得已的事,依我的性情,能卸妆时且卸妆,要尽可能自然地生活。

## 3

我心中有一个声音,它是顽强的,任何权势不能把它压灭。可是,在日常的忙碌和喧闹中,它却会被冷落、遗忘,终于喑哑了。

在人生的舞台上,我们每个人都在忙忙碌碌地扮演自己的角色,比真的演员还忙,退场的时间更少。例如,我整天坐在这桌子前,不停地写,为出版物写,按照编辑、读者的需要写。我暗暗怀着一个愿望,有一天能抽出空来,写我自己真正想写的东西,写我心中的那个声音。可是,总抽不出时间。到真空下来的时候,我就会发现,我不知道自己真正想写什么,我心中的那个声音沉寂了,不知去向了。

别老是想,总有一天会写的。自我不是一个可以随意支使的侍从,你老是把它往后推,它不耐烦,一去不返了。

## 4

人不易摆脱角色。有时候,着意摆脱所习惯的角色,本身就是在不由自主地扮演另一种角色。反角色也是一种角色。

## 5

一种人不自觉地要显得真诚,以他的真诚去打动人并且打动自己。他自己果然被自己感动了。

一种人故意地要显得狡猾,以他的狡猾去魅惑人并且魅惑自己。他自己果然怀疑起自己来了。

## 6

潇洒就是自然而不做作,不拘束。然而,在实际上,只要做作得自然,不露拘束的痕迹,往往也就被当成了潇洒。

如今,潇洒成了一种时髦,活得潇洒成了一句口号。人们竞相作出一种自然的姿态,恰好证明这是一个多么不自然的时代。

## 7

什么是虚假?虚假就是不真实,或者,故意真实。"我一定要真实!"——可是你已经在虚假了。

什么是做作?做作就是不真诚,或者,故意真诚。"我一定要真诚!"——可是你已经在做作了。

## 8

对于有的人来说,真诚始终只是他所喜欢扮演的一种角色。他极其真诚地进入角色,以至于和角色打成一片,相信角色就是他的真我,不由自主地被自己如此真诚的表演所感动了。

如果真诚为一个人所固有,是出自他本性的行为方式,他就决不会动辄被自己的真诚所感动。犹如血型和呼吸,自己甚至不可觉察,谁会对自己的血型和呼吸顾影自怜呢?(写到这里,发现此喻不妥,因为自从《血型与性格》《血型与爱情》一类小册子流行以来,果然有人对自己的血型顾影自怜了。姑妄喻之吧。)

由此我获得了一个鉴定真诚的可靠标准,就是看一个人是否被自己的真诚所感动。一感动,就难免包含演戏和做作的成分了。

## 9

偶尔真诚一下、进入了真诚角色的人,最容易被自己的真诚感动。

## 10

一个人可以承认自己有种种缺点,但决不肯承认自己虚伪,不真诚。承认自己不真诚,这本身需要极大的真诚。有时候一个人似乎敢承认自己不真诚了,但同时便从这承认中获得非常的满足,觉得自己在本质上是多么真诚,比别人都真诚:你们不敢承认,我承认了!于是,在承认的同时,也就一笔抹杀了自己的不真诚。归根到底还是不承认。对虚伪的承认本身仍然是一种虚伪。

## 11

有做作的初学者,他其实还是不失真实的本性,仅仅在模仿做作。到了做作而不自知是做作,自己也动了真情的时候,做作便成了本性,这是做作的大师。

## 12

真诚者的灵魂往往分裂成一个法官和一个罪犯。当法官和罪犯达成和解时,真诚者的灵魂便得救了。

做作者的灵魂往往分裂成一个戏子和一个观众。当戏子和观众彼此厌倦时,做作者的灵魂便得救了。

## 13

她读着梵高的传记,泪眼汹涌,心想:"如果我在那个时代出生,我一定嫁给梵高。"

在梵高活着时,一定也有姑娘想象自己嫁给更早时代的天才,并且被这个念头感动得掉泪。而与此同时,梵高依然找不到一个愿意嫁给他的姑娘。

# 论超脱

## 1

世上种种纷争,或是为了财富,或是为了教义,不外乎利益之争和观念之争。我们身在其中时,不免很看重。但是,不妨用鲁滨逊的眼光来看一看它们,就会发现,我们真正需要的物质产品和真正值得我们坚持的精神原则都是十分有限的,在单纯的生活中包含着人生的真谛。

## 2

人世间的争夺,往往集中在物质财富的追求上。物质的东西,多一些自然好,少一些也没什么,能保证基本生存就行。对精神财富的追求,人与人之间不存在冲突,一个人的富有绝不会导致另一个人的贫困。

由此可见,人世间的东西,有一半是不值得争的,另一半是不需要争的。所以,争什么!

### 3

在终极的意义上,人世间的成功和失败,幸福和灾难,都只是过眼烟云,彼此并无实质的区别。当我们这样想时,我们和我们的身外遭遇保持了一个距离,反而和我们的真实人生贴得更紧了,这真实人生就是一种既包容又超越身外遭遇的丰富的人生阅历和体验。

### 4

外在遭遇受制于外在因素,非自己所能支配,所以不应成为人生的主要目标。真正能支配的唯有对一切外在遭遇的态度。内在生活充实的人仿佛有另一个更高的自我,能与身外遭遇保持距离,对变故和挫折持适当态度,心境不受尘世祸福沉浮的扰乱。

### 5

一样东西,如果你太想要,就会把它看得很大,甚至大到成了整个世界,占据了你的全部心思。一个人一心争利益,或者一心创事业的时候,都会出现这种情况。我的劝告是,最后无论你是否如愿以偿,都要及时从中跳出来,如实地看清它在整个世界中的真实位置,亦即它在无限时空中的微不足道。这样，你得到了不会忘乎所以，没有得到也不会痛不欲生。

## 6

我们平时斤斤计较于事情的对错，道理的多寡，感情的厚薄，在一位天神的眼里，这种认真必定是很可笑的。

## 7

用终极的眼光看，人世间的一切纷争都如此渺小，如此微不足道。当然，在现实中，纷争的解决不会这么简单。但是，倘若没有这样一种终极眼光，人类就会迷失方向，任何解决方式只能是在错误的路上越走越远。

## 8

那人对你做了一件不义的事，你为此痛苦了，这完全可以理解，但请适可而止。你想一想，世上有不义的人，这是你无法改变的，为你不能支配的别人的品德而痛苦是不理智的。你还想一想，不义的人一定会做不义的事，只是这一件不义的事碰巧落在你头上罢了。你这样想，就会超越个人恩怨的低水平，把你的遭遇当作借以认识人性和社会的材料，在与不义作斗争时你的心境也会光明磊落得多。

## 9

健康的心理来自智慧的头脑。现代人易患心理疾病，病根多半在想不明白人生的根本道理，于是就看不开生活中的小事。倘若想明白了,哪有看不开之理?

## 10

对于自己的经历应该采取这样的态度:一是尽可能地诚实,正视自己的任何经历,尤其是不愉快的经历,把经历当作人生的宝贵财富;二是尽可能地超脱,从自己的经历中跳出来,站在一个比较高的位置上看它们,把经历当作认识人性的标本。

## 11

日常生活是有惰性的。身边的什物,手上的事务,很容易获得一种支配我们的力量,夺走我们的自由。我们应该经常跳出来想一想,审视它们是否真正必要。

## 12

人在年轻时会给自己规定许多目标,安排许多任务,入世是基本的倾向。中年以后,就应该多少有一点出世的心态了。所谓出世,并非纯然消极,而是与世间的事务和功利拉开一个距离,活得洒脱一些。

## 13

一个人的实力未必表现为在名利山上攀登,真有实力的人还能支配自己的人生走向,适时地退出竞赛,省下时间来

**【沉默】**

我们的内心经历往往是沉默的。讲自己不是一件随时随地可以进行的容易的事,它需要某种境遇和情绪的触发,一生难得有几回。那些喜欢讲自己的人多半是在讲自己所扮演的角色。另一方面呢,我们无论讲什么,也总是在曲折地讲自己。

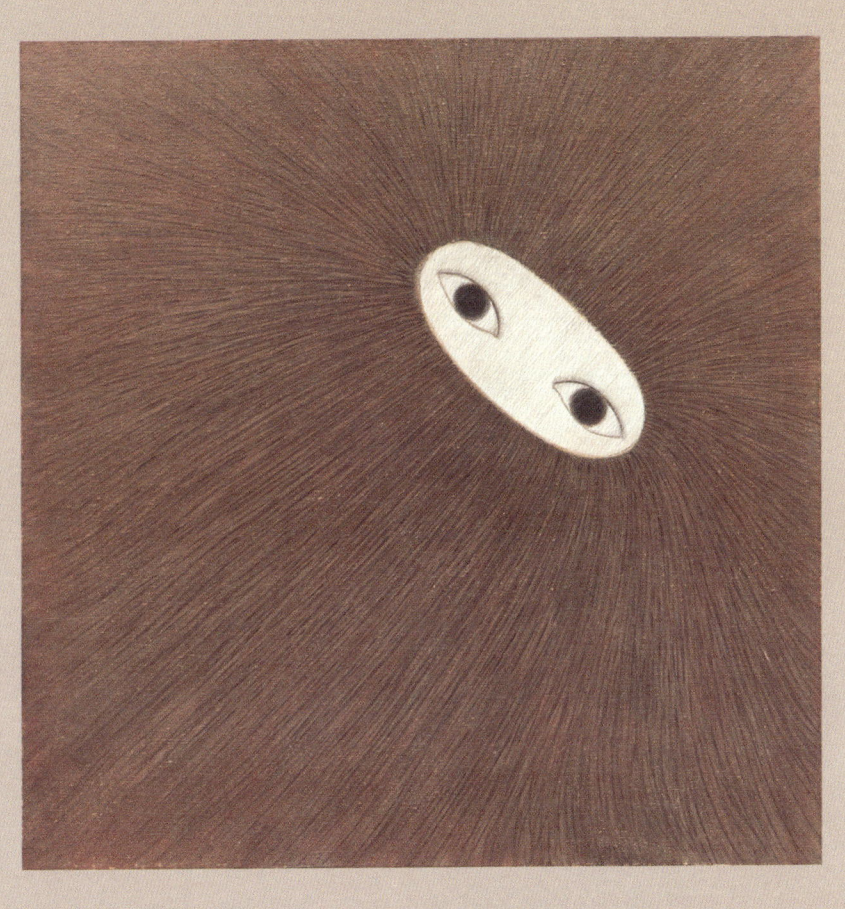

做自己喜欢做的事,享受生命的乐趣。

## 14

事情对人的影响是与距离成反比的,离得越近,就越能支配我们的心情。因此,减轻和摆脱其影响的办法就是寻找一个立足点,那个立足点可以使我们拉开与事情之间的距离。如果那个立足点仍在人世间,与事情拉开了一个有限的距离,我们便会获得一种明智的态度。如果那个立足点被安置在人世之外,与事情隔开了一个无限的距离,我们便会获得一种超脱的态度。

## 15

人生中有些事情很小,但可能给我们造成很大的烦恼,因为离得太近。人生中有些经历很重大,但我们当时并不觉得,也因为离得太近。距离太近时,小事也会显得很大,使得大事反而显不出大了。隔开一定距离,事物的大小就显出来了。

我们走在人生的路上,遇到的事情是无数的,其中多数非自己所能选择,它们组成了我们每一阶段的生活,左右着我们每一时刻的心情。我们很容易把正在遭遇的每一件事情都看得十分重要。然而,事过境迁,当我们回头看走过的路时便会发现,人生中真正重要的事情是不多的,它们奠定了我们的人生之路的基本走向,而其余的事情不过是路边的一些令人愉快或不愉快的小景物罢了。

## 16

"距离说"对艺术家和哲学家是同样适用的。理解与欣赏一样,必须同对象保持相当的距离,然后才能观其大体。不在某种程度上超脱,就决不能对人生有深刻见解。

## 17

物质的、社会的、世俗的苦恼太多,人就无暇有存在的、哲学的、宗教的苦恼。日常生活中的琐屑限制太多,人就不易感觉到人生的大限制。我不知道这值得庆幸,还是值得哀怜。

## 18

人一看重机会,就难免被机会支配。

## 19

所谓智慧的人生,就是要在执著和超脱之间求得一个平衡。有超脱的一面,看到人生的界限,和人生有距离,反而更能看清楚人生中什么东西真正有价值。

## 论人生

**1**

人生的一切矛盾都不可能最终解决,而只是被时间的流水卷走罢了。

**2**

人生中的有些错误也许是不应当去纠正的,一纠正便犯了新的、也许更严重的错误。

**3**

生命是短暂的。可是,在短暂的一生中,有许多时间你还得忍,忍着它们慢慢地流过去,直到终于又有事件之石激起生命的浪花。

人生中辉煌的时刻并不多,大多数时间都是在对这种时刻的回忆和期待中度过的。

**4**

人永远是孩子,谁也长不大,有的保留着孩子的心灵,有的保留着孩子的脑筋。谁也不相信自己明天会死,人生的路不知不觉走到了尽头，到头来不是老天真，就是老糊涂。

## 5

人生是一场无结果的试验。因为无结果，所以怎样试验都无妨；也因为无结果，所以怎样试验都不踏实。

## 6

有人说，人生到处是陷阱，从一个陷阱跳出来，又掉入了另一个陷阱里。

可是，尽管如此，你还是想跳，哪怕明知道另一个更深的陷阱在等着你。最不能忍受的是永远待在同一个陷阱里。也许，自由就寓于跳的过程中。

## 7

人人都在写自己的历史，但这历史缺乏细心的读者。我们没有工夫读自己的历史，即使读，也是读得何其草率。

## 8

对于人生，我们无法想得太多太远。那越过界限的思绪终于惘然不知所至，不得不收回来，满足于知道自己此刻还活着，对于今天和明天的时光做些实际的安排。

## 9

历史是无情的,数十年转了个小小的弯子,却改变了个人的一生,历史可以重新纳入轨道,人生却不可能从头开始了。所谓历史的悲剧,牺牲掉的是无数活生生的个人。

## 10

只有一次生命,做什么都可惜了,但总得做点什么。于是,我们做着微不足道的事情。

## 11

在人生的某个时期,行动的愿望是如此强烈,一心打破现状,改变生活,增加体验,往往并不顾忌后果是正是负,只要绝对数字大就行。

## 12

在有些人眼里,人生是一碟乏味的菜,为了咽下这碟菜,少不了种种作料、种种刺激。他们的日子过得真热闹。

## 13

假如海洋上那一个个旋生旋灭的泡沫有了意识,它们一定会用幻想的彩虹映照自己,给自己涂上绚丽的颜色,它们一定会把自己的迸裂想象成一种悲壮的牺牲,觉得自己是悲剧中的英雄。我赞美这些美丽而崇高的泡沫。

## 14

梦是虚幻的,但虚幻的梦所发生的作用却是完全真实的。弗洛伊德业已证明了这一点。美、艺术、爱情、自由、理想、真理,都是人生的大梦。如果没有这一切梦,人生会是一个什么样子啊!

## 15

敏感与迟钝殊途同归。前者对人生看得太透,后者对人生看得太浅,两者得出相同的结论:人生没有意思。

要活得有意思,应该在敏感与迟钝之间。

## 16

在社交场合我轻易不谈人生。只要一听到那些空洞的感叹,我就立即闭口。试想,朋友们一边啃着鸡腿,一边谈论人生的虚无,有多么可笑!越是严肃的思想、深沉的情感,就越是难于诉诸语言,大音稀声。这里甚至有一种神圣的羞怯,使得一个人难于启齿说出自己最隐秘的思绪,因为它是在默默中受孕的,从来不为人所知,于是说出来便像要当众展示私生子一样的难堪。

## 17

在这个世界上,一个人重感情就难免会软弱,求完美就难免有遗憾。也许,宽容自己这一点软弱,我们就能坚持;

【人生】

有人说，人生到处都是陷阱，从一个陷阱跳出来，又掉入了另一个陷阱里。可是，尽管如此，你还是想跳，哪怕明知道另一个更深的陷阱在等着你。最不能忍受的是永远待在同一个陷阱里。也许，自由就寓于跳的过程中。

接受人生这一点遗憾，我们就能平静。

## 18

人生没有一个终极背景，这一点既决定了人生的荒谬性，又决定了人的自由。犹如做梦，在梦中一切都是荒谬的，一切又都可以随心所欲。当然，只有知道自己是在做梦的人才能够随心所欲。但在梦中知道自己是在做梦的人太少了。所以，一般人既不感到人生是荒谬的，也不知道自己是自由的。就后者来说，他们是不幸的；就前者来说，他们又是幸运的。

## 19

人生的内容：a+b+c+d+……

人生的结局：0

人生的意义：(a+b+c+d+……)×0=0

尽管如此，人仍然想无限制地延长那个加法运算，不厌其长。这就是生命的魔力。

## 20

目的只是手段，过程才是目的。对过程不感兴趣的人，是不会有生存的乐趣的。

## 21

人生的终点是死，是虚无，在终点找不到意义。于是我们只好说：意义在于过程。

然而，当过程也背叛我们的时候，我们又把眼光投向终点，安慰自己说：既然结局都一样，何必在乎过程？

## 22

生命纯属偶然，所以每个生命都要依恋另一个生命，相依为命，结伴而行。

生命纯属偶然，所以每个生命都不属于另一个生命，像一阵风，无牵无挂。

每一个问题至少有两个相反的答案。

## 23

近代浪漫哲人多从诗走向神，但他们终究是诗人，而不是神学家。神，不过是诗的别名。

人生要有绝对意义，就必须有神，因为神就是绝对的同义词。但是，必须有，就真有吗？人生的悲剧岂不正在于永远寻找、又永远找不到那必须有的东西？

## 24

我不相信一切所谓人生导师。在这个没有上帝的世界上，谁敢说自己已经贯通一切歧路和绝境，因而不再困惑，也不再需要寻找了？

至于我，我将永远困惑，也永远寻找。困惑是我的诚实，寻找是我的勇敢。

## 25

在这世界上，谁真正严肃地生活着？难道是那些从不反省人生的浅薄之辈，哪怕他们像钟表一样循规蹈矩，像石像一样不苟言笑，哪怕他们是良民、忠臣、孝子、好丈夫、好父亲？

在我看来，对自己的生命不负责任，就无严肃可言，平庸就是最大的不严肃。

## 26

习惯的定义：被环境同化，与环境生长在一起，成为环境的一部分。

所谓环境，包括你所熟悉的地方、人、事业。在此状态下，生命之流失去落差，渐趋平缓，终成死水一潭。

那么，为了自救，告别你所熟悉的环境吧，到陌生的地方去，和陌生的人来往，从事陌生的事业。

人一生中应当有意识地变换环境。能否从零开始，重新开创一种生活，这是测量一个人心灵是否年轻的可靠尺度。

## 舆论和名声

**1**

舆论对于一个人的意义取决于这个人自身的素质。对于一个优秀者来说,舆论不过是他所蔑视的那些人的意见,他对这些意见也同样持蔑视的态度。只要他站得足够高,舆论便只是脚下很远的地方传来的轻微的噪音,决不会对他构成真正的困扰。唯有与舆论同质的俗人才会被舆论所支配,因为作为俗人之见,舆论同时也是他们自己的意见,是他们不能不看重的。

**2**

舆论是多数人的意见,并且仅对多数人具有支配的力量。当然,多数人也很想用舆论来支配少数人,禁止少数人的不同意见。但是,如果不是辅之以强权,舆论便无此种力量。一个优秀者面对强权也可能有所顾忌,这是可以理解的。撇开这种情形不谈,倘若他对舆论本身也十分在乎,那么,我们就必须对他的优秀表示怀疑,因为他内心深处很可能是认同多数人的意见而并没有自己的独立见解的。

## 3

常识的二重性：当常识单独行动时，往往包含正确的本能；一旦它们聚集为一种团体的力量，就会变成传统的偏见。

## 4

煊赫的名声是有威慑力的，甚至对才华横溢如海涅者也是如此。一旦走近名人身旁，他所必有的普通人的外观就会使人松一口气。同时，如果这位名人确是伟人，晋见者将会发现，乍见面就同他谈论伟大的事物该显得多么不自量力。于是海涅谈起了李子的味道。歌德含笑不语，因为他明察海涅此举乃出于放松和紧张双重原因，这个老滑头！

## 5

做名人要有两种禀赋：一是自信，在任何场合都觉得自己是一个人物，是当然的焦点和中心；二是表演的欲望和能力，渴望并且善于制造自己出场的效果。我恰好最缺少这两种禀赋，所以我不宜做名人。

## 6

大自然的星空，群星灿烂。那最早闪现的，未必是最亮的星宿。有的星宿孤独地燃烧着，熄灭了，很久以后它的光才到达我们的眼睛。

　　文化和历史的星空何尝不是如此？

05

# 致孤独的你
## 内心的秩序

你与你的亲人、友人、熟人、同时代人一起穿过岁月。

你看见他们在你的周围成长和衰老。

可是,

你自己依然是在孤独中成长和衰老的。

你的每一个生命年代仅仅属于你;

你必须独自承担岁月在你的心灵上和身体上的刻痕。

## 论孤独

**1**

你与你的亲人、友人、熟人、同时代人一起穿过岁月,你看见他们在你的周围成长和衰老。可是,你自己依然是在孤独中成长和衰老的,你的每一个生命年代仅仅属于你,你必须独自承担岁月在你的心灵上和身体上的刻痕。

**2**

和别人混在一起时,我向往孤独。孤独时,我又向往看到我的同类。但解除孤独毕竟只能靠相爱相知的人,其余的人扰乱了孤独,反而使人更感孤独,犹如一种官能,因为受到刺激而更加意识到自己的存在。孤独和喧嚣都难以忍受。如果一定要忍受,我宁可选择孤独。

**3**

学会孤独,学会与自己交谈,听自己说话——就这样去学会深刻。

当然前提是：如果孤独是可以学会的话。

## 4

心灵的孤独与性格的孤僻是两回事。

孤僻属于弱者，孤独属于强者。两者都不合群，但前者是因为惧怕受到伤害，后者是因为精神上的超群卓绝。

## 5

孤独是因为内容独特而不能交流，孤僻却并无独特的内容，只是因为性格的疾病而使交流发生障碍。

## 6

一个特立独行的人而又不陷于孤独，这怎么可能呢？然而，尽管注定孤独，仍然会感觉到孤独的可怕和难以忍受。上帝给了他一颗与众不同的灵魂，却又赋予他与普通人一样的对于人间温暖的需要，这正是悲剧性之所在。

## 7

越是丰盈的灵魂，往往越能敏锐地意识到残缺，有越强烈的孤独感。在内在丰盈的衬照下，方见出人生的缺憾。反之，不谙孤独也许正意味着内在的贫乏。

## 8

孤独与创造,孰为因果?也许是互为因果。一个疏于交往的人会更多地关注自己的内心世界,一个人专注于创造也会导致人际关系的疏远。

## 9

那些不幸的天才,例如尼采和梵高,他们最大的不幸并不在于无人理解,因为精神上的孤独是可以用创造来安慰的,而恰恰在于得不到普通的人间温暖,活着时就成了被人群遗弃的孤魂。

## 10

孤独者必不合时宜。然而,一切都可以成为时髦,包括孤独。

## 11

一般而论,人的天性是不愿忍受长期的孤独的,长期的孤独往往是被迫的。然而,正是在被迫的孤独中,例如牢狱和疾病之灾,有的人的创造力意外地得到了发展的机会。强制的孤独不只是造成了一种必要,迫使人把被压抑的精力投于创作,而且我相信,由于牢狱或疾病把人同纷繁的世俗生活拉开了距离，人是会因此获得看世界和人生的一种新的眼光的，而这正是孕育出大作品的重要条件。

不过，对于大多数天才来说，他们之所以陷于孤独不是因为外在的强制，而是由于自身的气质。大体说来，艺术的天才，例如卡夫卡、吉卜林，多是忧郁型气质，而孤独中的写作则是一种自我治疗的方式。只是一开始作为一种补偿的写作，后来便获得了独立的价值，成了他们乐在其中的生活方式。另一类是思想的天才，例如牛顿、康德、维特根斯坦，则相当自觉地选择了孤独，以便保护自己的内在世界，可以不受他人干扰地专注于意义和秩序的寻求。

## 12

孤独之为人生的重要体验，不仅是因为唯有在孤独中，人才能与自己的灵魂相遇，而且是因为唯有在孤独中，人的灵魂才能与上帝、与神秘、与宇宙的无限之谜相遇。正如托尔斯泰所说，在交往中，人面对的是部分和人群，而在独处时，人面对的是整体和万物之源。这种面对整体和万物之源的体验，便是一种广义的宗教体验。

今日的许多教徒其实并没有真正的宗教体验，一个确凿的证据是，他们不是在孤独中、而必须是在寺庙和教堂里，在一种实质上是公众场合的仪式中，方能领会一点宗教的感觉。然而，这种所谓的宗教感，与始祖们在孤独中感悟的境界已经风马牛不相及了。

真正的宗教体验把人超拔出俗世琐事，倘若一个人一生中从来没有过类似的体验，他的精神视野就未免狭隘。尤其是对于一个思想家来说，这肯定是一种精神上的缺陷。

## 13

活在世上，没有一个人愿意完全孤独。天才的孤独是指他的思想不被人理解，在实际生活中，他却也是愿意有个好伴侣的，如果没有，那是运气不好，并非他的主动选择。人不论伟大平凡，真实的幸福都是很平凡、很实在的。才赋和事业只能决定一个人是否优秀，不能决定他是否幸福。我们说贝多芬是一个不幸的天才，泰戈尔是一个幸福的天才，其根据就是在世俗领域的不同遭遇。

## 14

无聊、寂寞、孤独是三种不同的心境。

无聊是把自我消散于他人之中的欲望，它寻求的是消遣。寂寞是自我与他人共在的欲望，它寻求的是普通的人间温暖。孤独是把他人接纳到自我之中的欲望，它寻求的是理解。

无聊者自厌，寂寞者自怜，孤独者自足。

庸人无聊，天才孤独，人人都有寂寞的时光。

无聊是喜剧性的，孤独是悲剧性的，寂寞是中性的。

无聊属于生物性的人，寂寞属于社会性的人，孤独属于形而上的人。

## 15

一颗平庸的灵魂,并无值得别人理解的内涵,因而也不会感受到真正的孤独。孤独是一颗值得理解的心灵寻求理解而不可得,它是悲剧性的。无聊是一颗空虚的心灵寻求消遣而不可得,它是喜剧性的。寂寞是寻求普通的人间温暖而不可得,它是中性的。然而,人们往往将它们混淆,甚至以无聊冒充孤独……

"我孤独了。"啊,你配吗?

## 16

爱和孤独是人生最美丽的两支曲子,两者缺一不可。无爱的心灵不会孤独,未曾体味过孤独的人也不可能懂得爱。

## 17

在最内在的精神生活中,我们每个人都是孤独的,爱并不能消除这种孤独,但正因为由己及人地领悟到了别人的孤独,我们内心才会对别人充满最诚挚的爱。

## 18

孤独源于爱,无爱的人不会孤独。

也许孤独是爱的最意味深长的赠品，受此赠礼的人从此学会了爱自己，也学会了理解别的孤独的灵魂和深藏于它们之中的深邃的爱，从而为自己建立了一个珍贵的精神世界。

## 19

在我们的心灵深处，爱和孤独其实是同一种情感，它们如影随形，不可分离。愈是在我们感觉孤独之时，我们便愈是怀有强烈的爱之渴望。也许可以说，一个人对孤独的体验与他对爱的体验是成正比的，他的孤独的深度大致决定了他的爱的容量。孤独和爱是互为根源的，孤独无非是爱寻求接受而不可得，而爱也无非是对他人之孤独的发现和抚慰。

## 20

在爱与孤独之间并不存在此长彼消的关系，现实的人间之爱不可能根除心灵对于孤独的体验，而且在我看来，我们也不应该对爱提出这样的要求，因为一旦没有了对孤独的体验，爱便失去了品格和动力。在两个不懂得品味孤独之美的人之间，爱必流于琐屑和平庸。

## 21

孤独是人的宿命，它基于这样一个事实：我们每个人都是这世界上一个旋生旋灭的偶然存在，从无中来，又要回到无中去，没有任何人任何事情能够改变我们的这个命运。

是的,甚至连爱也不能。凡是领悟人生这样一种根本性孤独的人,便已经站到了一切人间欢爱的上方,爱得最热烈时也不会做爱的奴隶。

## 22

一切爱都基于生命的欲望,而欲望不免造成痛苦。所以,许多哲学家主张节欲或禁欲,视宁静、无纷扰的心境为幸福。但另一些哲学家却认为拼命感受生命的欢乐和痛苦才是幸福,对于一个生命力旺盛的人,爱和孤独都是享受。

## 23

人在世上是需要有一个伴的。有人在生活上疼你,终归比没有好。至于精神上的幸福,这只能靠你自己——永远如此。只要你心中的那个美好的天地完好无损,那块新大陆常新,就没有人能夺走你的幸福。

## 24

在我的生活中不能没有这样一个伴侣,我和她互相视为命根子,真正感到谁也缺不了谁。我自问是一个很有自我的人,能够欣赏孤独、寂寞、独处的妙趣,但我就是不能没有这样一个伴侣,如果没有,孤独、寂寞、独处就会失去妙趣,我会感到自己孤零零地生活在无边的荒漠中。

## 25

独身的最大弊病是孤独，乃至在孤独中死去。可是，孤独既是一种痛苦，也是一种享受，而再好的婚姻也不能完全免除孤独的痛苦，却多少会损害孤独的享受。至于死，任何亲人的在场都不能阻挡它的必然到来，而且死在本质上总是孤独的。

## 26

当我们知道了爱的难度，或者知道了爱的限度，我们就谈论友谊。当我们知道了友谊的难度，或者知道了友谊的限度，我们就谈论孤独。当然，谈论孤独仍然是一件非常奢侈的事情。

## 27

"有人独倚晚妆楼"——何等有力的引诱！她以醒目的方式提示了爱的缺席。女人一孤独，就招人怜爱了。

相反，在某种意义上，孤独是男人的本分。

## 28

我把我的孤独丢失在路上了。许多热心人围着我，要帮我寻找。我等着他们走开。如果他们不走开，我怎么能找回我的孤独呢？如果找不回我的孤独，我又怎么来见你呢？

## 29

当一个孤独寻找另一个孤独时,便有了爱的欲望。可是,两个孤独到了一起就能够摆脱孤独了吗?

孤独之不可消除,使爱成了永无止境的寻求。在这条无尽的道路上奔走的人,最终就会看破小爱的限度,而寻求大爱,或者——超越一切爱,而达于无爱。

## 30

爱可以抚慰孤独,却不能也不该消除孤独。如果爱妄图消除孤独,就会失去分寸,走向反面。

分寸感是成熟的爱的标志,它懂得遵守人与人之间必要的距离,这个距离意味着对于对方作为独立人格的尊重,包括尊重对方独处的权利。

## 31

有两种孤独。

灵魂寻找自己的来源和归宿而不可得,感到自己是茫茫宇宙中的一个没有根据的偶然性,这是绝对的、形而上的、哲学性质的孤独。灵魂寻找另一颗灵魂而不可得,感到自己是人世间的一个没有旅伴的漂泊者,这是相对的、形而下的、社会性质的孤独。

【孤独】

爱和孤独是人生最美丽的两支曲子,两者缺一不可。无爱的心灵不会孤独,未曾体味过孤独的人也不可能懂得爱。

前一种孤独使人走向上帝和神圣的爱，或者遁入空门。后一种孤独使人走向他人和人间的爱，或者陷入自恋。

一切人间的爱都不能解除形而上的孤独。然而，谁若怀着形而上的孤独，人间的爱在他眼里就有了一种形而上的深度。当他爱一个人时，他心中会充满佛一样的大悲悯。在他所爱的人身上，他又会发现神的影子。

## 32

帕斯卡尔说："我们由于交往而形成了精神和感情，但我们也由于交往而败坏了精神和感情。"我相信，前一种交往是两个人之间的心灵沟通，它是马丁·布伯所说的那种"我与你"的相遇，既充满爱，又尊重孤独；相反，后一种交往则是熙熙攘攘的利害交易，它如同尼采所形容的"市场"，既亵渎了爱，又羞辱了孤独。

## 33

从茫茫宇宙的角度看，我们每一个人都是无依无靠的孤儿，偶然地来到世上，又必然地离去。正是因为这种根本性的孤独境遇，才有了爱的价值，爱的理由。人人都是孤儿，所以人人都渴望有人爱，都想要有人疼。我们并非只在年幼时需要来自父母的疼爱，即使在年长时从爱侣那里，年老时从晚辈那里，孤儿寻找父母的隐秘渴望都始终伴随着我们，我们仍然期待着父母式的疼爱。

另一方面，如果我们想到与我们一起暂时居住在这颗星球上的任何人，包括我们的亲人，都是宇宙中的孤儿，我们心中就会产生一种大悲悯，由此而生出一种博大的爱心。我相信，爱心最深厚的基础是在这种大悲悯之中，而不是在别的地方。譬如说性爱，当然是离不开性欲的冲动或旨趣的相投的，但是，假如你没有那种把你的爱侣当作一个孤儿来疼爱的心情，我敢断定你的爱情还是比较自私的。即使是子女对父母的爱，其中最刻骨铭心的因素也不是受了养育之后的感恩，而是无法阻挡父母老去的绝望，在这种绝望之中，父母作为无人能够保护的孤儿的形象清晰地展现在了你的眼前。

## 论独处

**1**

独处是人生中的美好时刻和美好体验，虽则有些寂寞，寂寞中却又有一种充实。独处是灵魂生长的必要空间，在独处时，我们从别人和事务中抽身出来，回到了自己。这时候，我们独自面对自己和上帝，开始了与自己的心灵以及与宇宙中的神秘力量的对话。

**2**

一切严格意义上的灵魂生活都是在独处时展开的。和别人一起谈古说今，引经据典，那是闲聊和讨论；唯有自己沉浸于古往今来大师们的杰作之时，才会有真正的心灵感悟。和别人一起游山玩水，那只是旅游；唯有自己独自面对苍茫的群山和大海之时，才会真正感受到与大自然的沟通。

**3**

人们往往把交往看作一种能力，却忽略

了独处也是一种能力，并且在一定意义上是比交往更为重要的一种能力。如果说不擅交际是一种性格的弱点，那么，不耐孤独就简直是一种灵魂的缺陷了。

## 4

从心理学的观点看，人之需要独处，是为了进行内在的整合。所谓整合，就是把新的经验放到内在记忆中的某个恰当位置上。唯有经过这一整合的过程，外来的印象才能被自我所消化，自我也才能成为一个既独立又生长着的系统。所以，有无独处的能力，关系到一个人能否真正形成一个相对自足的内心世界，而这又会进而影响到他与外部世界的关系。

## 5

对于独处的爱好与一个人的性格完全无关，爱好独处的人同样可能是一个性格活泼、喜欢朋友的人，只是无论他怎么乐于与别人交往，独处始终是他生活中的必需。在他看来，一种缺乏交往的生活固然是一种缺陷，一种缺乏独处的生活则简直是一种灾难了。

## 6

当然，人是一种社会性的动物，他需要与他的同类交往，需要爱和被爱，否则就无法生存。世上没有一个人能够忍受绝对的孤独。但是，绝对不能忍受孤独的人却是一个灵魂空虚的人。

世上正有这样的一些人，他们最怕的就是独处，让他们和自己待一会儿，对于他们简直是一种酷刑。只要闲了下来，他们就必须找个地方去消遣。他们的日子表面上过得十分热闹，实际上他们的内心极其空虚。他们所做的一切都是为了想方设法避免面对面看见自己。对此我只能有一个解释，就是连他们自己也感觉到了自己的贫乏，和这样贫乏的自己待在一起是顶没有意思的，再无聊的消遣也比这有趣得多。这样做的结果是他们变得越来越贫乏，越来越没有了自己，形成了一个恶性循环。

## 7

独处的确是一个检验，用它可以测出一个人的灵魂的深度，测出一个人对自己的真正感觉，他是否厌烦自己。对于每一个人来说，不厌烦自己是一个起码要求。一个连自己也不爱的人，我敢断定他对于别人也是不会有多少价值的，他不可能有高质量的社会交往。他跑到别人那里去，对于别人只是一个打扰，一种侵犯。一切交往的质量都取决于交往者本身的质量。唯有在两个灵魂充实丰富的人之间，才可能有真正动人的爱情和友谊。我敢担保历史上和现实生活中找不出一个例子，能够驳倒我的这个论断，证明某一个浅薄之辈竟也会有此种美好的经历。

## 8

对于一个人来说,独处和交往均属必需。但是,独处更本质,因为在独处时,人是直接面对世界的整体,面对万物之源的。相反,在交往时,人却只是面对部分,面对过程的片断。人群聚集之处,只有凡人琐事,过眼烟云,没有上帝和永恒。

也许可以说,独处是时间性的,交往是空间性的。

## 9

我们经常与别人谈话,内容大抵是事务的处理、利益的分配、是非的争执、恩怨的倾诉、公关、交际、新闻等等。独处的时候,我们有时也在心中说话,细察其内容,仍不外上述这些,因此实际上也是在对别人说话,是对别人说话的预演或延续。我们真正与自己谈话的时候是十分稀少的。

要能够与自己谈话,必须把心从世俗事务和人际关系中摆脱出来,回到自己。这是发生在灵魂中的谈话,是一种内在生活。哲学教人立足于根本审视世界,反省人生,带给人的就是过内在生活的能力。

## 10

与自己谈话的确是一种能力,而且是一种罕见的能力。有许多人,你不让他说凡事俗务,他就不知道说什么好了。他只关心外界的事情,结果也就只拥有仅仅适合于与别人交谈的语言了。这样的人面对自己当然无话可说。可是，一个与自己无话可说的人，难道会对别人说出什么有意思的话吗？哪怕他谈论的是天下大事，你仍感到是在听市井琐闻，因为在里面找不到那个把一切连结为整体的核心，那个照亮一切的精神。

## 11

我需要到世界上去活动，我喜欢旅行、冒险、恋爱、奋斗、成功、失败。日子过得平平淡淡，我会无聊；过得冷冷清清，我会寂寞。但是，我更需要宁静的独处，更喜欢过一种沉思的生活。总是活得轰轰烈烈热热闹闹，没有时间和自己待一会儿，我就会非常不安，好像丢了魂一样。我必须休养我的这颗自足的心灵，唯有带着这颗心灵去活动，我才心安理得并且确有收获。

## 12

我需要一种内在的沉静，可以以逸待劳地接收和整理一切外来印象。这样，我才觉得自己具有一种连续性和完整性。当我被过于纷繁的外部生活搅得不复安宁时，我就断裂了，破碎了，因而也就失去了吸收消化外来印象的能力。

世界是我的食物。人只用少量时间进食，大部分时间在消化。独处就是我消化世界。

## 13

如果没有好胃口,天天吃宴席有什么快乐?如果没有好的感受力,频频周游世界有什么乐趣?反之,天天吃宴席的人怎么会有好胃口,频频周游世界的人怎么会有好的感受力?

心灵和胃一样,需要休息和复原,独处便是心灵的休养方式。当心灵因充分休息而饱满,又因久不活动而饥渴时,它能最敏锐地品味新的印象。

高质量的活动和高质量的宁静都需要,而后者实为前者的前提。

## 14

我天性不宜交际。在多数场合,我不是觉得对方乏味,就是害怕对方觉得我乏味。可是我既不愿忍受对方的乏味,也不愿费劲使自己显得有趣,那都太累了。我独处时最轻松,因为我不觉得自己乏味,即使乏味,也自己承受,不累及他人,无须感到不安。

## 15

这么好的夜晚,宁静,孤独,精力充沛,无论做什么,都觉得可惜了,糟蹋了。我什么也不做,只是坐在灯前,吸着烟……

我从我的真朋友和假朋友那里抽身出来，回到了我自己。只有我自己。

这样的时候是非常好的。没有爱，没有怨，没有激动，没有烦恼，可是依然强烈地感觉到自己的存在，感到充实。这样的感觉是非常好的。

一个夜晚就这么过去了。可是我仍然不想睡觉。这是这样的一种时候，什么也不想做，包括睡觉。

## 16

通宵达旦地坐在喧闹的电视机前，他们把这叫作过年。

我躲在我的小屋里，守着我今年的最后一刻寂寞。当岁月的闸门一年一度打开时，我要独自坐在坝上，看我的生命的河水汹涌流过。这河水流向永恒，我不能想象我缺席，使它不带着我的虔诚，也不能想象有宾客，使它带着酒宴的污秽。

## 17

我要为自己定一个原则：每天夜晚，每个周末，每年年底，只属于我自己。在这些时间里，我不做任何履约交差的事情，而只读我自己想读的书，只写我自己想写的东西。如果不想读不想写，我就什么也不做，宁肯闲着，也决不应付差事。差事是应付不完的，唯一的办法是人为地加以限制，确保自己的自由时间。

## 18

在舞曲和欢笑声中,我思索人生。在沉思和独处中,我享受人生。

## 19

有的人只有在沸腾的交往中才能辨认他的自我。有的人却只有在宁静的独处中才能辨认他的自我。

## 20

阅读是与历史上的伟大灵魂交谈,借此把人类创造的精神财富"占为己有"。写作是与自己的灵魂交谈,借此把外在的生命经历转变成内在的心灵财富。信仰是与心中的上帝交谈,借此积聚"天上的财富"。这是人生不可缺少的三种交谈,而这三种交谈都是在独处中进行的。

## 春节，把心静下来

### 1

答应写一篇关于春节的文章，坐到电脑前，才发现答应得太冒失。

要命的是，我这个人好像是不过春节的。

在我的记忆中，过春节还是小时候的事情。那时候，一临近过年，爸爸妈妈就忙碌起来，开始置办年货，而我们这几个孩子则兴奋地围着他们转。对于我们来说，过年首先意味着能够吃到好东西了。其实，所谓好东西，不过是花生、糖果、糕点之类罢了，在那个贫困的年代，这些东西平时不易吃到。当然，还有一顿丰盛的年夜饭，还有年初一早晨的汤圆。上海人称汤圆为圆子，除夕那天，家家户户都从房间角落里搬出小石碾，把浸泡好的糯米磨成粉，包出一批豆沙馅、芝麻馅和猪肉馅的圆子备用，那是最有节日气氛的情景。圆子是大馅的，个儿比一般元宵大许多，非常好吃。除了吃，过年还意味着可以穿上新衣裳，跟父母走亲戚，再奢侈一点，到城隍庙买一盏灯笼，到"大世界"看一场戏。

我对过年的兴趣随着年龄增长而递减，至少从上中学开始，过年就不太能让我兴奋了。我喜欢独处，喜欢看书，过年的热闹让我烦。这副落落寡合的脾气在上大学后达于顶点，过年时，寒假留校的同学聚在一起玩闹，唯有我躲进了阅览室里。走出校门，在广西一个小县工作许多年，基层的环境愣是没能把我改造过来。逢年过节，人们照例是聚餐打牌，我把自己关在我的小屋里，热闹海洋中的一座安静小岛，这真是美好的时光，说不尽的寂寞，说不尽的充实。我不认为我这种喜静不喜闹的性格是优点，实际上它也让我吃了一些苦头，只是天性如此，只好顺其自然。

自从我自己当了爸爸，我对春节乃至各种节日又重视了起来，那当然是为了让孩子高兴。由此我明白，当初我的爸爸妈妈兴冲冲地为过年忙碌，其实动力也是我们这几个孩子的企盼。孩子是节日的主人公，一切欢乐的节日同时也都是儿童节。节日的由来各不相同，都是神给孩子的礼物。在孩子惊喜的眼睛里，我看到了春节和一切快乐节日的最可爱的价值。

## 2

其实我知道,节日是应该热闹的,不热闹不成其为节日。尤其一个民族最重要的传统节日,那基本上就应该是狂欢节。在古代,许多民族都有类似于狂欢节的盛大节日,其特征是打破日常的禁忌,让平时受压抑的原始本能尽情释放出来,人仿佛回到了自然状态。要说热闹,今天文明民族的节日哪里能和这些古代的节日比。

就热闹程度来说,现在的春节也大不如从前了。从前的春节,从除夕到元宵,连续半个月,是一个长长的节日,到处张灯结彩,锣鼓喧天,开庙会,演百戏,一片喜洋洋。冬去春来,这个农业民族的休整期即将结束了,春节是一年忙碌开始之前的最后的狂欢。相比之下,现在的春节,不但时间短多了,而且欢度的方式也相形见绌,庙会、游乐、宴席都成了商机,失去了普天同庆的民俗意味。

生命需要欢乐,平凡的日常生活需要用节日调剂,热闹无可非议。可是,倘若人们平时的日子就过得十分热闹,过节又当如何?我们的先辈日出而作,日入而息,生活的节奏与自然一致,日子过得忙碌然而安静。对于他们来说,节日是忙碌中的休憩,安静中的热闹。现代人却忙碌得何其不安静,充满了欲望、焦虑、争斗、烦恼。在今天,相当一部分人的忙碌生活是由两件事组成的——弄钱和花钱,这两件事制造出了一系列热闹,无非纸醉金迷、灯红酒绿、声色犬马。

人生任何美好的享受都有赖于一颗澄明的心,当一颗心在低劣的热闹中变得浑浊之后,它就既没有能力享受安静,也没有能力享受真正的狂欢了。这样的人能够怎样过节呢?不过是把平时那种低劣的热闹放大,从而使之变得更加低劣罢了。

当然,这只是一部分人。但是,我们不能不承认,在今天,日子过得忙碌而热闹是一种普遍状况,人们把太多的精力花在挣钱和消费上面了。针对这种情况,我的建议是,在春节长假里,不但停止忙碌,而且停止热闹,不去旅游热点,不去娱乐场所,就坐在自己家里,与亲人相对,最多邀二三好友,过一个清静的节日。节日应当不同于平时,昔人静极而动,我们动极而静,不都是合乎逻辑的吗?

## 3

"通宵达旦地坐在喧闹的电视机前,他们把这叫作过年。

"我躲在我的小屋里,守着我今年的最后一刻寂寞。当岁月的闸门一年一度打开时,我要独自坐在坝上,看我的生命的河水汹涌流过。这河水流向永恒,我不能想象我缺席,使它不带着我的虔诚,也不能想象有宾客,使它带着酒宴的污秽。"

我写上面这一段文字,应该是在二十年前了吧。从那时到现在,岁月的闸门又打开了许多次,我的生命的河水已经流走了太多。每到旧年离去,新年到来,我都会感到一种莫

【独处】

对于有自我的人来说,独处是人生中的美好时刻和美好体验,虽则有些寂寞,寂寞中却又有一种充实。独处是灵魂生长的必要空间。在独处时,我们从别人和事务中抽身出来,回到了自己。这时候,我们独自面对自己和上帝,开始了与自己的心灵以及宇宙中的神秘力量的对话。一切严格意义上的灵魂生活都是在独处时展开的。

名的惆怅。我对守岁的理解与许多人不同。许多人的守岁，是大家聚在一起，往往还是聚在电视机前——二十年后的今天仍然如此——看着"春晚"，等着那一记钟声，犹如一声令下，大家一齐欢呼、拥抱、祝福。这是什么守岁啊！世上哪有众人共有的"岁"啊！也许他们守的是新岁，那随着一记钟声而开始的新的一年，因为尚未打上任何人的生命印记，因此尚可说是大家共有的。可是，真正应该守的是旧岁，那离去的一年，对于每一个人来说，它都是独特的，是他的生命的一个不可重复的片段，铭刻着他的特殊的悲欢和经历，而它却永远地消逝了。守岁是一种诀别，必须独自面对，一个人怎么能把自己生命的如此珍贵的片段和众人的片段混在一起，让它不明不白地消逝，因而真正消逝得无影无踪呢。

所以，在我看来，过年是一个机会，它提醒我们，岁月易逝，生命有限，这岁月不是笼统的岁月，而正是你的岁月，这生命不是抽象的生命，而正是你的生命。你也许有点儿伤感，但有点儿伤感没什么不好。你必须心疼你的生命，才会好生照料它，必须怜惜你的昨天，才会珍惜你的明天。在平时的匆忙中，我们的那个最本真的自己往往遭到了忽视和冷落，甚至可能迷失了，那么，现在让我们把它找回来，让我们亲近它、爱护它，带着它重新上路，从此不再把它丢失。

一年忙到头，忙于劳作，忙于交往。过年的时候，劳作暂停了，交往也节制一点吧，无论外面多么热闹，也给自己留一点独处的时间吧。把心静下来，与正在离去的旧的"我"

道一个别，向正在到来的新的"我"许一个愿，这岂不是处在新旧之交的此时此刻的"我"最应该做的事？看见有的人用大量应酬和交际把春节填得满满的，不给自己留一点时间，我实在费解，他们真是太不把自己当一回事了。

## 4

人最宝贵的东西，一是生命，二是灵魂。人生最美好的享受，一是生命的祥和，二是灵魂的安宁。如果说独处是享受灵魂的安宁，那么，团圆便是享受生命的祥和。中国人是最看重家庭的，节日的重要功能之一是团圆。春节尤其如此，无论相距多么远，一定要日夜兼程，风尘仆仆，只为在除夕之前赶回家，一家人在一起吃一顿年夜饭。倘若有人缺席，在场者和缺席者都会觉得是极大的遗憾。

用现代标准看，小家庭——夫妻及未成年子女——能团圆就可以了，而团圆应是常态，不限于过年之时。曾经有一个时期，在城镇人口中，夫妻两地分居十分普遍，并且人为地不予解决，只好盼在春节时相聚，而农民中绝无此种现象。现在情况正相反，城里人很少分居了，可是，农民的小家庭几乎没有不妻离子散的。一年一度的"春运"，基本上就是农民工的回乡和返城大潮。他们只在春节才有假期，才能团圆，又有什么办法呢。他们为城市化付出了太大的代价。

我无法破解这样的难题。我只能说，亲情是人生的重要价值，人人都应有权享受，而享受到的人都应懂得珍惜。

## 做自己的忠实朋友

**1**

人在世上都离不开朋友，但是，最忠实的朋友还是自己，就看你是否善于做自己的朋友了。要能够做自己的朋友，你就必须比那个外在的自己站得更高，看得更远，从而能够从人生的全景出发给他以提醒、鼓励和指导。事实上，在我们每个人身上，除了外在的自我以外，都还有着一个内在的精神性的自我。可惜的是，许多人的这个内在自我始终是昏睡着的，甚至是发育不良的。为了使内在自我能够健康生长，你必须给它以充足的营养。如果你经常读好书、沉思、欣赏艺术等等，拥有丰富的精神生活，你就一定会感觉到，在你身上确实还有一个更高的自我，这个自我是你的人生路上坚贞不渝的精神密友。

**2**

我身上有两个自我。一个好动，什么都要尝试，什么都想经历。另一个喜静，对一切加以审视和消化。这另一个自我，仿佛是它把我派遣到人世间活动，同时又始终关切地把我置于它的视野之内，随时准备把我召回它的身边。即使我在世上遭受最悲惨的灾难和失败，只要识得返回它的途径，我就不会全军覆没。它是我的守护神，为我守护着一个永远的家园，使我不致无家可归。

## 3

世事的无常使得古来许多贤哲主张退隐自守，清静无为，无动于衷。我厌恶这种哲学。我喜欢看见人们生气勃勃地创办事业，如痴如醉地堕入情网，痛快淋漓地享受生命。但是，不要忘记了最主要的事情：你仍然属于你自己。每个人都是一个宇宙，每个人都应该有一个自足的精神世界。这是一个安全的场所，其中珍藏着你最珍贵的宝物，任何灾祸都不能侵犯它。心灵是一本奇特的账簿，只有收入，没有支出，人生的一切痛苦和欢乐，都化作宝贵的体验记入它的收入栏中。是的，连痛苦也是一种收入。人仿佛有了两个自我，一个自我到世界上去奋斗，去追求，也许凯旋，也许败归，另一个自我便含着宁静的微笑，把这遍体汗水和血迹的哭着笑着的自我迎回家来，把丰厚的战利品指给他看，连败归者也有一份。

4

人与人之间有同情,有仁义,有爱。所以,世上有克己助人的慈悲和舍己救人的豪侠。但是,每一个人终究是一个生物学上和心理学上的个体,最切己的痛痒唯有自己能最真切地感知。在这个意义上,对于每一个人来说,他最关心的还是他自己,世上最关心他的也还是他自己。要别人比他自己更关心他,要别人比关心每人自己更关心他,都是违背作为个体的生物学和心理学本质的。结论是:每个人都应该自立。

5

做自己的一个冷眼旁观者和批评者,这是一种修养,它可以使我们保持某种清醒,避免落入自命不凡或者顾影自怜的可笑复可悲的境地。

## 丰富的安静

我发现,世界越来越喧闹,而我的日子越来越安静了。我喜欢过宁静的日子。

当然,安静不是静止,不是封闭,如井中的死水。曾经有一个时代,广大的世界对于我们只是一个无法证实的传说,我们每一个人都被锁定在一个狭小的角落里,如同螺丝钉被拧在一个不变的位置上。那时候,我刚离开学校,被分配到一个边远山区,生活平静而又单调。日子仿佛停止了,不像是一条河,更像是一口井。

后来,时代突然改变,人们的日子如同解冻的江河,又在阳光下的大地上纵横交错了。我也像是一条积压了太多能量的河,生命的浪潮在我的河床里奔腾起伏,把我的成年岁月变成了一道动荡不宁的急流。

而现在,我又重归于平静了。不过,这是跌荡之后的平静。在经历了许多冲撞和曲折之后,我的生命之河仿佛终于来到一处开阔的谷地,汇蓄成了一片浩淼的湖泊。我曾经流连于阿尔卑斯山麓的湖畔,看雪山、白云和森林的倒影伸展在蔚蓝的神秘之中。我知道，湖中的水仍在流转，是湖的深邃才使得湖面寂静如镜。

我的日子真的很安静。每天，我在家里读书和写作，外面各种热闹的圈子和聚会都和我无关。我和妻子女儿一起品尝着普通的人间亲情，外面各种寻欢作乐的场所和玩意也都和我无关。我对这样的日子很满意，因为我的心境也是安静的。

也许，每一个人在生命中的某个阶段是需要某种热闹的。那时候，饱涨的生命力需要向外奔突，去为自己寻找一条河道，确定一个流向。但是，一个人不能永远停留在这个阶段。托尔斯泰如此自述："随着年岁增长，我的生命越来越精神化了。"人们或许会把这解释为衰老的征兆，但是，我清楚地知道，即使在老年时，托尔斯泰也比所有的同龄人、甚至比许多年轻人更充满生命力。毋宁说，唯有强大的生命才能逐步朝精神化的方向发展。

现在我觉得，人生最好的境界是丰富的安静。安静，是因为摆脱了外界虚名浮利的诱惑。丰富，是因为拥有了内在精神世界的宝藏。泰戈尔曾说，外在世界的运动无穷无尽，证明了其中没有我们可以达到的目标，目标只能在别处，即在精神的内在世界里。"在那里，我们最为深切地渴望的，乃是在成就之上的安宁。在那里，我们遇见我们的上帝。"他接着说明："上帝就是灵魂里永远在休息的情爱。"他所说的情爱应是广义的，指创造的成就，精神的富有，博大的爱心，而这一切都超越于俗世的争斗，处在永久和平之中。这种境界，正是丰富的安静之极致。

我并不完全排斥热闹，热闹也可以是有内容的。但是，热闹总归是外部活动的特征，而任何外部活动倘若没有一种精神追求为其动力，没有一种精神价值追求为其目标，那么，不管表面多么轰轰烈烈，有声有色，本质上必定是贫乏和空虚的。我对一切太喧嚣的事业和一切太张扬的感情都心存怀疑，它们总是使我想起莎士比亚对生命的嘲讽："充满了声音和狂热，里面空无一物。"

## 记住回家的路

生活在今日的世界上,心灵的宁静不易得。这个世界既充满着机会,也充满着压力。机会诱惑人去尝试,压力逼迫人去奋斗,都使人静不下心来。我不主张年轻人拒绝任何机会,逃避一切压力,以闭关自守的姿态面对世界。年轻的心灵本不该静如止水,波澜不起。世界是属于年轻人的,趁着年轻到广阔的世界上去闯荡一番,原是人生必要的经历。所须防止的只是,把自己完全交给了机会和压力去支配,在世界上风风火火或浑浑噩噩,迷失了回家的路途。

每到一个陌生的城市,我的习惯是随便走走,好奇心驱使我去探寻这里的热闹的街巷和冷僻的角落。在这途中,难免暂时地迷路,但心中一定要有把握,自信能记起回住处的路线,否则便会感觉不踏实。我想,人生也是如此。你不妨在世界上闯荡,去建功创业,去探险猎奇,去觅情求爱,可是,你一定不要忘记了回家的路。这个家,就是你的自我,你自己的心灵世界。

寻求心灵的宁静，前提是首先要有一个心灵。在理论上，人人都有一个心灵，但事实上却不尽然。有一些人，他们永远被外界的力量左右着，永远生活在喧闹的外部世界里，未尝有真正的内心生活。对于这样的人，心灵的宁静就无从谈起。一个人惟有关注心灵，才会因为心灵被扰乱而不安，才会有寻求心灵的宁静之需要。所以，具有过内心生活的禀赋，或者养成这样的习惯，这是最重要的。有此禀赋或习惯的人都知道，其实内心生活与外部生活并非互相排斥的，同一个人完全可能在两方面都十分丰富。区别在于，注重内心生活的人善于把外部生活的收获变成心灵的财富，缺乏此种禀赋或习惯的人则往往会迷失在外部生活中，人整个儿是散的。自我是一个中心点，一个人有了坚实的自我，他在这个世界上便有了精神的坐标，无论走多远都能够找到回家的路。换一个比方，我们不妨说，一个有着坚实的自我的人便仿佛有了一个精神的密友，他无论走到哪里都带着这个密友，这个密友将忠实地分享他的一切遭遇，倾听他的一切心语。

如果一个人有自己的心灵追求，又在世界上闯荡了一番，有了相当的人生阅历，那么，他就会逐渐认识到自己在这个世界上的位置。世界无限广阔，诱惑永无止境，然而，属于每一个人的现实可能性终究是有限的。你不妨对一切可能性保持着开放的心态，因为那是人生魅力的源泉，但同时你也要早一些在世界之海上抛下自己的锚，找到最适合自己的领域。一个人不论伟大还是平凡，只要他顺应自己的天性，找到了自己真正喜欢做的事，并且一心把自己喜欢做的事做得尽善尽美，他在这世界上就有了牢不可破的家园。于是，他不但会有足够的勇气去承受外界的压力，而且会有足够的清醒来面对形形色色的机会的诱惑。我们当然没有理由怀疑，这样的一个人必能获得生活的充实和心灵的宁静。

## 自我二重奏

### 有与无

日子川流不息。我起床，写作，吃饭，散步，睡觉。在日常的起居中，我不怀疑有一个我存在着。这个我有名有姓，有过去的生活经历，现在的生活圈子。我忆起一些往事，知道那是我的往事。我怀着一些期待，相信那是我的期待。尽管我对我的出生毫无印象，对我的死亡无法预知，但我明白这个我在时间上有始有终，轮廓是清楚的。

然而，有时候，日常生活的外壳仿佛突然破裂了，熟悉的环境变得陌生，我的存在失去了参照系，恍兮惚兮，不知身在何处，我是谁，世上究竟有没有一个我。

庄周梦蝶，醒来自问："不知周之梦为胡蝶与，胡蝶之梦为周与？"这一问成为千古迷惑。问题在于，你如何知道你现在不是在做梦？你又如何知道你的一生不是一个漫长而短促的梦？也许，流逝着的世间万物，一切世代，一切个人，都只是造物主的梦中景象？

我的存在不是一个自明的事实，而是需要加以证明的，于是有笛卡儿的命题："我思故我在。"

但我听见佛教导说：诸法无我，一切众生都只是随缘而起的幻象。

正当我为我存在与否苦思的时候，电话铃响了，听筒里叫着我的名字，我不假思索地应道："是我。"

## 轻与重

我活在世上，爱着，感受着，思考着。我心中有一个世界，那里珍藏着许多往事，有欢乐的，也有悲伤的。它们虽已逝去，却将永远活在我心中，与我终身相伴。

一个声音对我说：在无限宇宙的永恒岁月中，你不过是一个顷刻便化为乌有的微粒，这个微粒的悲欢甚至连一丝微风、一缕轻烟都算不上，刹那间就会无影无踪。你如此珍惜的那个小小的心灵世界，究竟有何价值？

我用法国作家辛涅科尔的话回答："是的，对于宇宙，我微不足道；可是，对于我自己，我就是一切。"

我何尝不知道，在宇宙的生成变化中，我只是一个极其偶然的存在，我存在与否完全无足轻重。面对无穷，我确实等于零。然而，我可以用同样的道理回敬这个傲慢的宇宙：

倘若我不存在，你对我来说岂不也等于零？倘若没有人类及其众多自我的存在，宇宙的永恒存在究竟有何意义？而每一个自我一旦存在，便不能不从自身出发估量一切，正是这估量的总和使本无意义的宇宙获得了意义。

我何尝不知道，在人类的悲欢离合中，我的故事极其普通。而，我不能不对自己的故事倾注更多的悲欢。对于我来说，我的爱情波折要比罗密欧更加惊心动魄，我的苦难要比俄狄浦斯更加催人泪下。原因很简单，因为我不是罗密欧，不是俄狄浦斯，而是我自己。事实上，如果人人看轻一己的悲欢，世上就不会有罗密欧和俄狄浦斯了。

我终归是我自己。当我自以为跳出了我自己时，仍然是这个我在跳。我无法不成为我的一切行为的主体，我是世界的一切关系的中心。当然，同时我也知道每个人都有他的自我，我不会狂妄到要充当世界和他人的中心。

## 灵与肉

我站在镜子前，盯视着我的面孔和身体，不禁惶惑起来。我不知道究竟盯视者是我，还是被盯视者是我。灵魂和肉体如此不同，一旦相遇，彼此都觉陌生。我的耳边响起帕斯卡尔的话语：肉体不可思议，灵魂更不可思议，最不可思议的是肉体居然能和灵魂结合在一起。

人有一个肉体似乎是一件尴尬事。那个丧子的母亲终于

【朝圣路】

在最内在的精神生活中,我们每个人都是孤独的,爱并不能消除这种孤独;但正因为由己及人地领悟到了别人的孤独,我们内心才会对别人充满最诚挚的爱。我们在黑暗中并肩而行,走在各自的朝圣路上,无法知道是否在走向同一个圣地,因为我们无法向别人甚至向自己说清心中的圣地究竟是怎样的。然而,同样的朝圣热情使我们相信,也许存在着同一个圣地。作为有灵魂的存在物,人的伟大和悲壮尽在于此了。

停止哭泣，端起饭碗，因为她饿了。那个含情脉脉的姑娘不得不离开情人一小会儿，她需要上厕所。那个哲学家刚才还在谈论面对苦难的神明般的宁静，现在却因为牙痛而呻吟不止。当我们的灵魂在天堂享受幸福或在地狱体味悲剧时，肉体往往不合时宜地把它拉回到尘世。

马雅可夫斯基在列车里构思一首长诗，眼睛心不在焉地盯着对面的姑娘。那姑娘惊慌了。马雅可夫斯基赶紧声明："我不是男人，我是穿裤子的云。"为了避嫌，他必须否认肉体的存在。

我们一生中不得不花费许多精力来伺候肉体：喂它，洗它，替它穿衣，给它铺床。博尔赫斯屈辱地写道："我是他的老护士，他逼我为他洗脚。"还有更屈辱的事：肉体会背叛灵魂。一个心灵美好的女人可能其貌不扬，一个灵魂高贵的男人可能终身残疾。荷马是瞎子，贝多芬是聋子，拜伦是跛子。而对一切人相同的是，不管我们如何精心调理，肉体仍不可避免地要走向衰老和死亡，拖着不屈的灵魂同归于尽。

那么，不要肉体会如何呢？不，那更可怕，我们将不再能看风景，听音乐，呼吸新鲜空气，读书，散步，运动，宴饮，尤其是——世上不再有男人和女人，不再有爱情这件无比美妙的事。原来，灵魂的种种愉悦根本就离不开肉体，没有肉体的灵魂不过是幽灵，不复有任何生命的激情和欢乐，比死好不了多少。

所以，我要修改帕斯卡尔的话：肉体是奇妙的，灵魂更奇妙，最奇妙的是肉体居然能和灵魂结合在一起。

## 动与静

喧哗的白昼过去了，世界重归于宁静。我坐在灯下，感到一种独处的满足。

我承认，我需要到世界上去活动，我喜欢旅行、冒险、恋爱、奋斗、成功、失败。日子过得平平淡淡，我会无聊；过得冷冷清清，我会寂寞。但是，我更需要宁静的独处，更喜欢过一种沉思的生活。总是活得轰轰烈烈热热闹闹，没有时间和自己待一会儿，我就会非常不安，好像丢了魂一样。

耶稣说："一个人赚得了整个世界，却丧失了自我，又有何益？"他在向其门徒透露自己的基督身份后说这话，可谓意味深长。真正的救世主就在我们每个人身上，便是那个清明宁静的自我。这个自我即是我们身上的神性，只要我们能守住它，就差不多可以说上帝和我们同在了。守不住它，一味沉沦于世界，我们便会浑浑噩噩，随波漂荡，世界也将沸沸扬扬，永无得救的希望。

## 真与伪

我走在街上，一路朝熟人点头微笑；我举起酒杯，听着应酬话，用笑容答谢；我坐在一群妙语连珠的朋友中，自己也说着俏皮话，赞赏或得意地大笑……

在所有这些时候，我心中会突然响起一个声音："这不是我！"于是，笑容冻结了。莫非笑是社会性的，真实的我永远悲苦，从来不笑？

多数时候，我是独处的，我曾庆幸自己借此避免了许多虚伪。可是，当我关起门来写作时，我怎能担保已经把公众的趣味和我的虚荣心也关在了门外，因而这个正在写作的人必定是真实的我呢？

"成为你自己"——这句话如同一切道德格言一样知易行难。我甚至无法判断，我究竟是否已经成为我自己。角色在何处结束，真实的我在何处开始，这界限是模糊的。有些角色仅是服饰，有些角色却已经和我们的躯体生长在一起，如果把它们一层层剥去，其结果比剥葱头好不了多少。

演员尚有卸妆的时候，我们却生生死死都离不开社会的舞台。在他人目光的注视下，甚至隐居和自杀都可以是在扮演一种角色。也许，只有当我们扮演某个角色露出破绽时，我们才得以一窥自己的真实面目。

卢梭说："大自然塑造了我，然后把模子打碎了。"这话听起来自负，其实适用于每一个人。可惜的是，多数人忍受不了这个失去了模子的自己，于是又用公共的模子把自己重新塑造一遍，结果彼此变得如此相似。

我知道，一个人不可能也不应该脱离社会而生活。然而，有必要节省社会的交往。我不妨和他人交谈，但要更多地直接向上帝和自己说话。我无法一劳永逸地成为真实的自己，但是，倘若我的生活中充满着仅仅属于我的不可言说的特殊事物，我也就在过一种非常真实的生活了。

## 逃避与寻找

我是喜欢独处的，不觉得寂寞。我有许多事可做：读书、写作、回忆、遐想、沉思，等等。做着这些事的时候，我相当投入，乐在其中，内心很充实。但是，独处并不意味着和自己在一起。在我潜心读书或写作时，我很可能是和想象中的作者或读者在一起。直接面对自己似乎是一件令人难以忍受的事，所以人们往往要设法逃避。逃避自我有二法，一是事务，二是消遣。我们忙于职业上和生活上的种种事务，一旦闲下来，又用聊天、娱乐和其他种种消遣打发时光。对于文人来说，读书和写作也不外是一种事务或一种消遣，比起斗鸡走狗之辈，诚然有雅俗之别，但逃避自我的实质则为一。

然而，有这样一种时候，我翻开书，又合上，拿起笔，又放下，不知道自己究竟要什么，找不到一件自己真正想做的事，只觉得心中弥漫着一种空虚怅惘之感。这是无聊袭来的时候。

当一个人无所事事而直接面对自己时，便会感到无聊。在通常情况下，我们仍会找些事做，尽快逃脱这种境遇。但是，也有无可逃脱的时候，我就是百事无心，不想见任何人，不想做任何事。

自我似乎喜欢捉迷藏，如同蒙田所说："我找我的时候找不着；我找着我由于偶然的邂逅比由于有意的搜寻多。"无聊正是与自我邂逅的一个契机。这个自我，摆脱了一切社会的身份和关系，来自虚无，归于虚无。难怪我们和它相遇时，不能直面相视太久，便要匆匆逃离。可是，让我多坚持一会儿吧，我相信这个可怕的自我一定会教给我许多人生的真理。

自古以来，哲人们一直叮咛我们："认识你自己！"卡莱尔却主张代之以一个"最新的教义"："认识你要做和能做的工作！"因为一个人永远不可能认识自己，而通过工作则可以使自己成为完人。我承认认识自己也许是徒劳之举，但同时我也相信，一个人倘若从来不想认识自己，从来不肯从事一切无望的精神追求，那么，工作绝不会使他成为完人，而只会使他成为庸人。

## 爱与孤独

凡人群聚集之处，必有孤独。我怀着我的孤独，离开人群，来到郊外。我的孤独带着如此浓烈的爱意，爱着田野里的花朵、小草、树木和河流。原来，孤独也是一种爱。

爱和孤独是人生最美丽的两支曲子，两者缺一不可。无爱的心灵不会孤独，未曾体味过孤独的人也不可能懂得爱。

由于怀着爱的希望，孤独才是可以忍受的，甚至是甜蜜的。当我独自在田野里徘徊时，那些花朵、小草、树木、河流之所以能给我以慰藉，正是因为我隐约预感到，我可能会和另一颗同样爱它们的灵魂相遇。

不止一位先贤指出，一个人无论看到怎样的美景奇观，如果他没有机会向人讲述，他就绝不会感到快乐。人终究是离不开同类的。一个无人分享的快乐绝非真正的快乐，而一个无人分担的痛苦则是最可怕的痛苦。所谓分享和分担，未必要有人在场。但至少要有人知道。永远没有人知道，绝对的孤独，痛苦便会成为绝望，而快乐——同样也会变成绝望！

交往为人性所必需，它的分寸却不好掌握。帕斯卡尔说："我们由于交往而形成了精神和感情，但我们也由于交往而败坏着精神和感情。"我相信，前一种交往是两个人之间的心灵沟通，它是马丁·布伯所说的那种"我与你"的相遇，既充满爱，又尊重孤独；相反，后一种交往则是熙熙攘攘的利害交易，它如同尼采所形容的"市场"，既亵渎了爱，又羞辱了孤独。相遇是人生莫大的幸运。在此时刻，两颗灵魂仿佛同时认出了对方，惊喜地喊出："是你！"人一生中只要有过这个时刻，爱和孤独便都有了着落。

06

# 致亲爱的你
## 爱情的高贵

茫茫宇宙间,每个人都是偶然地来到世上,又必然地离去。

正是因为这种根本性的孤独,才有了爱的价值和理由。

人人都是孤儿,所以人人渴望有人爱,想要有人疼。

我们并非只在年幼时需要来自父母的疼爱,即使在年长时从爱侣那里,年老时从晚辈那里,孤儿寻找父母式疼爱的隐秘渴望都始终伴随着我们。

# 论爱

## 1

爱,就是在这一世寻找那个仿佛在前世失散的亲人,就是在人世间寻找那个最亲的亲人。

## 2

世上并无命定的情缘,凡缘皆属偶然,好的情缘的魔力恰恰在于,最偶然的相遇却唤起了最深刻的命运与共之感。

## 3

深深地爱一个人,你借此所建立的不只是与这个人的联系,而且也是与整个人生的联系。一个从来不曾深爱过的人与人生的联系也是十分薄弱的,他在这个世界上生活,但他会感觉到自己只是一个局外人。爱的经历决定了人生内涵的广度和深度,一个人的爱的经历越是深刻和丰富,他就越是深入和充分地活了一场。

### 4

如果说爱的经历丰富了人生,那么,爱的体验则丰富了心灵。因为爱,我们才有了观察人性和事物的浓厚兴趣。因为挫折,我们的观察便被引向了深邃的思考。一个人历尽挫折而仍葆爱心,正证明了他在精神上足够富有,所以输得起。

### 5

人是应该有所牵挂的,情感的牵挂使我们与人生有了紧密的联系。那些号称一无牵挂的人其实最可悲,他们活得轻飘而空虚。

### 6

与平庸妥协往往是在不知不觉中完成的。心爱的人离你而去,你一定会痛苦。爱的激情离你而去,你却丝毫不感到痛苦,因为你的死去的心已经没有了感觉痛苦的能力。

### 7

人们说爱,总是提出种种条件,埋怨遇不到符合这些条件的值得爱的对象。人们举着条件去找爱,但爱并不存在于各种条件的哪怕最完美的组合之中。

**8**

爱不是对象,爱是关系,是你在对象身上付出的时间和心血。

**9**

一切终将黯淡,唯有被爱的目光镀过金的日子在岁月的深谷里永远闪着光芒。

**10**

爱是耐心,是等待意义在时间中慢慢生成。

**11**

爱是一种精神素质,而挫折则是这种素质的试金石。

**12**

爱的价值在于它自身,而不在于它的结果。结果可能不幸,可能幸福,但永远不会最不幸和最幸福。在爱的过程中间,才会有"最"的体验和想象。

**13**

大自然提供的只是素材,唯有爱才能把这素材创造成完美的作品。

## 14

每一个人都是一个多么普通又多么独特的生命,原本无名无姓,却到底可歌可泣。我、你,每一个生命都是那么偶然地来到这个世界上,完全可能不降生,却毕竟降生了,然后又将必然地离去。想一想世界在时间和空间上的无限,每一个生命的诞生的偶然,怎能不感到一个生命与另一个生命的相遇是一种奇迹呢。有时我甚至觉得,两个生命在世上同时存在过,哪怕永不相遇,其中也仍然有一种令人感动的因缘。我相信,对于生命的这种珍惜和体悟乃是一切人间之爱的至深的源泉。

## 15

你说你爱你的妻子,可是,如果你不是把她当作一个独一无二的生命来爱,那么你的爱还是比较有限。你爱她的美丽、温柔、贤惠、聪明,当然都对,但这些品质在别的女人身上也能找到。唯独她的生命,作为一个生命体的她,却是在普天下的女人身上也无法重组或再生的,一旦失去,便是不可挽回地失去了。

世上什么都能重复,恋爱可以再谈,配偶可以另择,身份可以炮制,钱财可以重挣,甚至历史也可以重演,唯独生命不能。

## 16

人与人的相遇,是人生的基本境遇。爱情,一对男女原本素不相识,忽然生死相依,成了一家人,这是相遇。亲情,一个生命投胎到一个人家,把一对男女认作父母,这是相遇。友情,两个独立灵魂之间的共鸣和相知,这是相遇。

相遇是一种缘。爱情,亲情,友情,人生中最重要的相遇,多么偶然,又多么珍贵。

## 17

浩渺宇宙间,任何一个生灵的降生都是偶然的,离去却是必然的;一个生灵与另一个生灵的相遇总是千载一瞬,分别却是万劫不复。说到底,谁和谁不都是这空空世界里的天涯沦落人?

## 18

当我们的亲人远行或故世之后,我们会不由自主地百般追念他们的好处,悔恨自己的疏忽和过错。然而,事实上,即使尚未生离死别,我们所爱的人何尝不是在时时刻刻离我们而去呢?

在平凡的日常生活中,你已经习惯了和你所爱的人的相处,仿佛日子会这样无限延续下去。忽然有一天,你心头一惊,想起时光在飞快流逝,正无可挽回地把你、你所爱的人以及你们共同拥有的一切带走。于是，你心中升起一股柔情，想要保护你的爱人免遭时光劫掠。你还深切感到，平凡生活中这些最简单的幸福也是多么宝贵，有着稍纵即逝的惊人的美……

## 19

我突然感到这样忧伤。我思念着爱我或怨我的男人和女人，我又想到总有一天他们连同他们的爱和怨都不再存在，如此触动我心绪的这小小的情感天地不再存在，我自己也不再存在。我突然感到这样忧伤……

## 20

当亲友中某个人去世时，我们往往会后悔，有些一直想对他说的话再也没有机会说了。事实上，每一个人都在不可避免地走向死亡，我们随时面临着太迟的可能性。

因此，你心中不但要有爱和善意，而且要及时地表达，让那个与之相关的人和你共享。

## 21

我们活在世上，人人都有对爱和善意的需要。今天你出门，不必有奇遇，只要一路遇到的是友好的微笑，你就会觉得这一天十分美好。如果你知道世上有许多人喜欢你，肯定你，善待你，你就会觉得人生十分美好，这个世界十分美好。

即使你是一个内心很独立的人，情形仍是如此，没有人独立到了不需要来自同类的爱和善意的地步。

那么，我们就应该经常想到，我们的亲人、朋友、同学、同事，他们都有这同样的需要。这赋予了我们一种责任：对于我们周围的人来说，这个世界是否美好，在很大程度上取决于我们是否爱他们、善待他们，并且把爱和善意表达出来。

## 22

爱是一份伴随着付出的关切，我们往往最爱我们倾注了最多心血的对象。

## 23

爱，就是没有理由的心疼和不设前提的宽容。

## 24

人在爱时都太容易在乎被爱，视为权利，在被爱时又都太容易看轻被爱，受之当然。如果反过来，有爱心而不求回报，对被爱知珍惜却不计较，人就爱得有尊严、活得有气度了。

## 25

与是否被爱相比，有无爱心是更重要的。一个缺少被爱的人是一个孤独的人，一个没有爱心的人则是一个冷漠的人。

孤独的人只要具有爱心,他仍会有孤独中的幸福,如雪莱所说,当他的爱心在不理解他的人群中无可寄托时,便会投向花朵、小草、河流和天空,并因此而感受到心灵的愉悦。可是,倘若一个人没有爱心,则无论他表面上的生活多么热闹,幸福的源泉已经枯竭,他那颗冷漠的心是绝不可能真正快乐的。

## 26

一个只想被人爱而没有爱人之心的人,其实根本不懂得什么是爱。他真正在乎的也不是被爱,而是占有。爱心是与占有欲正相反的东西。爱本质上是一种给予,而爱的幸福就在这给予之中。许多贤哲都指出,给予比得到更幸福。一个明显的证据是亲子之爱,有爱心的父母在照料和抚育孩子的过程中便感受到了极大的满足。在爱情中,也是当你体会到你给你所爱的人带来了幸福之时,你自己才感到最幸福。

## 27

对于个人来说,最可悲的事情不是在被爱方面受挫,例如失恋、朋友反目等等,而是爱心的丧失,从而失去了感受和创造幸福的能力。对于一个社会来说,爱心的普遍丧失则是可怕的,它的确会使世界变得冷如冰窟,荒凉如沙漠。在这样的环境中,善良的人们不免寒心,但我希望他们不要因此也趋于冷漠,而是要在学会保护自己的同时,仍葆有一颗爱心。应该相信,世上善良的人总是多数,爱心必能唤起爱心。

不论个人还是社会，只要爱心犹存，就有希望。

## 28

爱的反义词不是孤独，也不是恨，而是冷漠。孤独者和恨者都是会爱的，冷漠者却与爱完全无缘。如果说孤独是爱心的没有着落，恨是爱心的受挫，那么，冷漠就是爱心的死灭。无论对于个人来说，还是对于社会来说，真正可怕的是冷漠，它使个人失去生活的意义，使社会发生道德的危机。在我看来，当今社会最触目惊心的现象之一便是人心的冷漠。在一个太重功利的社会里，冷漠会像病毒一样传播，从而使有爱心的人更感到孤独，甚至感到愤恨。不过，让我们记住，我们不要由孤独和愤恨也堕入冷漠，保护爱心、拒绝冷漠乃是我们对于自己的灵魂的一份责任，也是我们对于社会的一份责任。

## 29

凡正常人，都兼有疼人和被人疼两种需要。在相爱者之间，如果这两种需要不能同时在对方身上获得满足，便潜伏着危机。那惯常被疼的一方最好不要以为，你遇到了一个只想疼人不想被人疼的纯粹父亲型的男人或纯粹母亲型的女人。在这茫茫宇宙间，有谁不是想要人疼的孤儿？

## 30

多么纯粹和热烈的爱，只要是人间的真实的爱，就必然具有人间性，沾染了人间的烟火味。如果罗密欧与朱丽叶真能喜结良缘，日久相伴，两人一定也会发生或大或小的摩擦。我们都生活在现象之中，都只能通过现象来体悟本质，没有人直接生活在爱的本质之中。如果有谁把自己的生活当作爱的本质展示给人们看，不用说，那肯定是在作秀，而且做得很不高明。

## 爱情的质量

**1**

世上并无命定的姻缘，但是，那种一见倾心、终生眷恋的爱情的确具有一种命运般的力量。

**2**

幸福是难的。也许，潜藏在真正的爱情背后的是深沉的忧伤，潜藏在现代式的寻欢作乐背后的是空虚。两相比较，前者无限高于后者。

**3**

对于灵魂的相知来说，最重要的是两颗灵魂本身的丰富以及由此产生的互相吸引，而决非彼此的熟稔乃至明察秋毫。

**4**

看两人是否相爱，一个可靠尺度是看他们是否互相玩味和欣赏。两个相爱者之间必定是常常互相玩味的，而且是不由自主地要玩，越玩越觉得有味。如果有一天觉得索然无味，毫无玩兴，爱就荡然无存了。

## 5

爱情是灵魂的化学反应。真正相爱的两人之间有一种"亲和力"，不断地分解、化合、更新。"亲和力"愈大，反应愈激烈持久，爱情就愈热烈巩固。

## 6

优异易夭折，平庸能长寿。爱情何尝不是如此？

## 7

初恋的感情最单纯也最强烈，但同时也最缺乏内涵，几乎一切初恋都是十分相像的。因此，尽管人们难以忘怀自己的初恋经历，却又往往发现可供回忆的东西很少。

我相信成熟的爱情是更有价值的，因为它是全部人生经历发出的呼唤。

## 8

调情是轻松的，爱情是沉重的。风流韵事不过是躯体的游戏，至多还是感情的游戏。可是，当真的爱情来临时，灵魂因恐惧和喜悦而颤栗了。

## 9

情种爱得热烈，但不专一。君子爱得专一，但不热烈。此事古难全。不过，偶尔有爱得专一的情种，却注定没有爱得热烈的君子。

## 10

无幻想的爱情太平庸，基于幻想的爱情太脆弱，幸福的爱情究竟可能吗？我知道有一种真实，它能不断地激起幻想，有一种幻想，它能不断地化为真实。我相信，幸福的爱情是一种能不断地激起幻想、又不断地被自身所激起的幻想改造的真实。

## 11

在爱情中，双方感情的满足程度取决于感情较弱的那一方的感情。如果甲对乙有十分爱，乙对甲只有五分爱，则他们都只能得到五分的满足。剩下的那五分欠缺，在甲会成为一种遗憾，在乙会成为一种苦恼。

## 12

好的爱情有韧性，拉得开，但又扯不断。

相爱者互不束缚对方，是他们对爱情有信心的表现。谁也不限制谁，到头来仍然是谁也离不开谁，这才是真爱。

## 爱的距离

### 1

要亲密,但不要无间。人与人之间必须有一定的距离,相爱的人也不例外。婚姻之所以容易终成悲剧,就因为它在客观上使得这个必要的距离难以保持。一旦没有了距离,分寸感便丧失。随之丧失的是美感、自由感、彼此的宽容和尊重,最后是爱情。

### 2

相爱的人要亲密有间,即使结了婚,两个人之间仍应保持一个必要的距离。所谓必要的距离是指,各人仍应是独立的个人,并把对方作为独立的个人予以尊重。

一个简单的道理是,两个人无论多么相爱,仍然是两个不同的个体,不可能变成同一个人。

另一个稍微复杂一点的道理是,即使可能,两个人变成一个人也是不可取的。

## 【爱】

让我们承认,无论短暂的邂逅,还是长久的纠缠,无论相识恨晚的无奈,还是终成眷属的有情,无论倾注了巨大激情的冲突,还是伴随着细小争吵的和谐,这一切都是爱情。每个活生生的人的爱情经历不是一座静止的纪念碑,而是一道流动的江河。当我们回顾往事时,我们自己不必否认,更不该要求对方否认其中任何一段流程、一条支流或一朵浪花。

### 3

好的爱情有韧性,拉得开,但又扯不断。

相爱者互不束缚对方,是他们对爱情有信心的表现。谁也不限制谁,到头来仍然是谁也离不开谁,这才是真爱。

### 4

好的两性关系有弹性,彼此既非僵硬地占有,也非软弱地依附。相爱的人给予对方的最好礼物是自由,两个自由人之间的爱具有必要的张力,它牢固但不板结,缠绵但不黏滞。没有缝隙的爱太可怕了,爱情在其中失去了呼吸的空间,迟早会窒息。

### 5

心灵相通,在实际生活中又保持距离,最能使彼此的吸引力耐久。

### 6

近了,会厌倦。远了,会陌生。不要走近我,也不要离我远去……

### 7

孔子说:"唯女子与小人为难养也,近之则不逊,远之则怨。"这话对女子不公平。其实,"近之则不逊"几乎是人际关系的一个规律,并非只有女子如此。太近无君子,谁都可能被惯成或逼成不逊无礼的小人。

所以,两性交往,不论是恋爱、结婚还是某种亲密的友谊,都以保持适当距离为好。

君子远小人是容易的,要怨就让他去怨。男人远女人就难了,孔子心里明白:"吾未见好德如好色者也。"既不能近之,又不能远之,男人的处境何其尴尬。那么,孔子的话是否反映了男人的尴尬,却归罪于女人?

## 8

如果说短暂的分离促进爱情,长久的分离扼杀爱情,那么,结婚倒是比不结婚占据着一个有利的地位,因为它本身是排除长久的分离的,我们只需要为它适当安排一些短暂的分离就行了。

## 9

家是一个窝,我们当然希望自己有一个温暖、舒适、安宁、气氛浓郁的窝。不过,我们也该记住,如果爱情要在家庭中继续生长,就仍然会有种种亦悲亦喜的冲突和矛盾。一味地温馨,试图抹去一切不和谐音,结果不是磨灭掉夫妇双方的个性,从而窒息爱情,就是造成升平的假象,使被掩盖的差异终于演变为不可愈合的裂痕。

## 伴侣之情

**1**

喜新厌旧乃人之常情,但人情还有更深邃的一面,便是恋故怀旧。一个人不可能永远年轻,终有一天会发现,人生最值得珍惜的乃是那种历尽沧桑始终不渝的伴侣之情。在持久和谐的婚姻生活中,两个人的生命已经你中有我,我中有你,血肉相连一般地生长在一起了。共同拥有的无数细小珍贵的回忆犹如一份无价之宝,一份仅仅属于他们两人、无法转让他人也无法传之子孙的奇特财产。说到底,你和谁共有这一份财产,你也就和谁共有了今生今世的命运。与之相比,最浪漫的风流韵事也只成了过眼烟云。

**2**

人的心是世上最矛盾的东西,它有时很野,想到处飞,但它最平凡最深邃的需要却是一个栖息地,那就是另一颗心。倘若你终于找到了这另一颗心,当知珍惜,切勿伤害它。历尽人间沧桑,遍阅各色理论,我发现自己到头来信奉的仍是古典的爱情范式：真正的爱情必是忠贞专一的。惦着一个人并且被这个人惦着，心便有了着落，这样活着多么踏实。与这种相依为命的伴侣之情相比，一切风流韵事都显得何其虚飘。

3

大千世界里，许多浪漫之情产生了，又消失了。可是，其中有一些幸运地活了下来，成熟了，变成了无比踏实的亲情。好的婚姻使爱情走向成熟，而成熟的爱情是更有分量的。当我们把一个异性唤作恋人时，是我们的激情在呼唤。当我们把一个异性唤作亲人时，却是我们的全部人生经历在呼唤。

4

爱情不风流，它是两性之间最严肃的一件事。风流韵事频繁之处，往往没有爱情。爱情也未必浪漫，浪漫只是爱情的早期形态。在浪漫结束之后，一份爱情是随之结束，还是推进为亲密持久的伴侣之情，最能见出这个爱情的质量的高低。

5

在两性之间，发生肉体关系是容易的，发生爱情便很难，而最难的便是使一段好婚姻经受住岁月的考验。

## 6

夫妇之间，亲子之间，情太深了，怕的不是死，而是永不再聚的失散，以至于真希望有来世或者天国。佛教说诸法因缘生，教导我们看破无常，不要执著。可是，千世万世只能成就一次的佳缘，不管是遇合的，还是修来的，叫人怎么看得破。

## 7

假如死于那次车祸的人是我，会怎么样呢？怎么样也不会的！不错，我就没有后来的一切了，但没有了就没有了，对这个世界不会有任何影响，一个没有我的世界和以前不会有任何区别。

当然，亲人啊。仅仅是亲人们的生活轨道被彻底打乱了。说到底，和你命运真正休戚相关的唯有你的亲人。

## 8

每当看见老年夫妻互相搀扶着，沿着街道缓缓地走来，我就禁不住感动。他们的能力已经很微弱，不足以给别人帮助。他们的魅力也已经很微弱，不足以吸引别人帮助他们。于是，他们就用衰老的手臂互相搀扶着，彼此提供一点儿尽管太少但极其需要的帮助。

年轻人结伴走向生活，最多是志同道合。老年人结伴走向死亡，才真正是相依为命。

# 婚姻：为爱筑一个好巢

**1**

婚姻有何必要？我的回答是：为爱筑一个好巢。

爱情是一只鸟儿在天空飞翔，它自由，但也需要栖息；它空灵，但也需要踏实；它娇弱，因此需要保护；它任性，因此需要训导。婚姻所提供的，正是栖息、踏实、保护和训导。

鸟儿总在空中飞，会疲惫、恐慌，会累死，爱情也是如此。

当然，筑一个好巢不容易，要学鸟儿筑巢的勤勉、细致和耐心。

**2**

无论如何，你对一个女人的爱倘若不是半途而废，就不能停留在仅仅让她做情人，还应该让她做妻子和母亲。只有这样，你才亲手把她变成了一个完整的女人，你们的爱情也才有了一个完整的过程。至于这个过程是否叫作婚姻,倒是一件次要的事情。

### 3

一个男人把一个女人叫作妻子,一个女人把一个男人叫作丈夫,这不仅仅是一个法律行为,而且是一个神圣行为,是在上帝面前的互相确认。唯有通过这个命名,她才成为他的"自己的女人",他也才成为她的"自己的男人"。无此命名,不论他们如何相爱,终归不互相拥有。同样,他们的屋宇在他们互相命名为妻子和丈夫之前只是一个住处,唯有通过这个命名才成为"自己的家"。

### 4

结婚是神圣的命名。是否在教堂里举行婚礼,这并不重要。苍天之下,命名永是神圣的仪式。"妻子"的含义就是"自己的女人","丈夫"的含义就是"自己的男人",对此命名当知敬畏。没有终身相爱的决心,不可妄称夫妻。有此决心,一旦结为夫妻,不可轻易伤害自己的女人和自己的男人,使这神圣的命名蒙羞。

### 5

《圣经》记载,上帝用亚当身上的肋骨造成一个女人,于是世上有了第一对夫妇。据说这一传说贬低了女性。可是，亚当说得明白："这是我的骨中之骨，肉中之肉。"今天有多少丈夫能像亚当那样，把妻子带到上帝面前，问心无愧地说出这话呢？

## 6

再好的婚姻也不能担保既有的爱情永存，杜绝新的爱情发生的可能性。不过，这没有什么不好。世上没有也不该有命定的姻缘。靠闭关自守而得以维持其专一长久的爱情未免可怜，唯有历尽诱惑而不渝的爱情才富有生机，真正值得自豪。

## 7

我一向认为，只要相爱，无论结不结婚都是好的。我不认为婚姻能够保证爱情的稳固，但我也不认为婚姻会导致爱情的死亡。一份爱情的生命取决于它自身的质量和活力，事实上与婚姻无关。既然如此，就不必刻意追求或者拒绝婚姻的形式了。

## 8

人们常说，婚姻是爱情的坟墓。就那种密不透风的婚姻来说，此话是真理，爱情在其中真是要被活埋致死的。还有一种情况是，爱情已经死去，婚姻仍不解除，这时的婚姻便成了一座内有尸体的坟墓,尸体会继续腐烂,败坏固守其旁的人的健康。

有人担心没有婚姻,爱情就死无葬身之地。其实,爱情是天使,它死了,何必留下尸体,又何须看得见的坟墓呢?长年守着一具腐烂的尸体,岂不会扼杀对爱情的一切美好回忆?

【意义】

对于一个视人生感受为最宝贵财富的人来说，欢乐和痛苦都是收入，他的账本上没有支出。这种人尽管敏感，却有很强的生命力，因为在他眼里，现实生活中的祸福得失已经降为次要的东西，命运的打击因心灵的收获而得到了补偿。

## 婚姻中的爱情

**1**

爱情是两颗心灵之间不断互相追求和吸引的过程,这个过程不应该因为结婚而终结。以婚姻为爱情的完成,这是一个有害的观念,在此观念支配下,结婚者自以为大功告成,已经获得了对方,不需要继续追求了。可是,求爱求爱,爱即寓于追求之中,一旦停止追求,爱必随之消亡。好的婚姻应当使爱情始终保持未完成的态势,也就是说,相爱双方始终保持必要的距离和张力,各方都把对方看作独立的个人,因而是一个永远需要重新追求的对象,绝不可能一劳永逸地加以占有。在此态势中,彼此才能不断重新发现和欣赏,而非互相束缚和厌倦,爱情才能获得继续生长的空间。

**2**

世上婚配,形形色色,真正基于爱情的结合并不太多,因而弥足珍贵。然而,偏偏愈是基于爱情的结合,比起那些以传统伦理和实际利益为基础的婚姻来，愈有其脆弱之处。所谓佳偶难久，人们眼中的天作之合往往不能白头偕老，这差不多是古老而常新的故事了。究其原因，也许是因为人的内在的感情要比外在的规范和利益更加难以捉摸，更加不易把握，爱情是比世俗的婚姻纽带更易变的东西。以爱情为婚姻的唯一依据，在逻辑上便意味着爱情高于婚姻，因此，一方面，如果既有的爱情出现瑕疵，婚姻便成问题，另一方面，一旦新的爱情产生，婚姻便当让位。真正以爱情为基础的婚姻永远不会大功告成，一劳永逸，再好的姻缘也不可能获得终身保险。

## 3

性爱在本质上是一种很不确定的感情。一方面，它具有一种浪漫倾向，所谓"人情固重难而轻易，喜新而厌旧"，这种心理在性爱中尤为突出。人们往往把未知的东西和难以得到的东西美化、理想化，于是邂逅的新鲜感和犯禁的自由感成了性爱快感的主要源泉。正因为这个原因，最令人难忘的爱情经历倘若不是初涉爱河的未婚恋，便多半是红杏出墙的婚外恋了。这种情形不能只归结为道德缺陷，而是有心理学上的原因的。另一方面，性爱又是一种纯粹的个人体验，并无客观标准可言。自己是否堕入情网，两情是否真正相悦，好感和爱情的界限在哪里，不但旁人难以判断，有时连当事人也把握不了。如果以这样一种既不稳定又不明确的感情为婚姻的唯一纽带，任何婚姻之岌岌可危就可想而知了。

## 4

为了在婚姻的悖论中寻找一条出路，应当改变思路，把作为婚姻之基础的爱情同浪漫式爱情区分开来。浪漫式爱情可能导致婚姻的缔结，但不能作为婚姻的持久基础。能够作为基础的是一种由爱情发展来的亲情，与那种浪漫式爱情相区别，我称之为亲情式爱情。在这种爱情中，浪漫因素也许仍然存在，但已降至次要地位，基本的成分乃是在长久共同生活中形成的彼此的信任感和相知相惜之情。这种信任感不单凭借良好愿望，而是悠悠岁月培养起来的在重要的行为方式上互相尊重和赞成的能力，它随婚龄俱增，给人一种踏实感，会使婚姻发散出一种肃穆祥和的气氛。

事实上，许多家庭之所以没有解体，并不是因为从未遭遇浪漫式爱情的诱惑，而恰恰是因为当事人看重含有这种来之不易的信任感的亲情式爱情，从而自觉地规避那种诱惑，或者在陷入诱惑之后仍能做出理智的选择，而受委屈的一方也乐意予以原谅。在我看来，凡是建立在这种亲情式爱情的基础上的婚姻不仅稳固，而且仍是高质量的。

我不否认一次新的浪漫式爱情带来更佳婚姻的可能性，

但是，第一，这终究是未知的，因而是一个冒险；第二，即便真的如此，在结婚之后，新的浪漫式爱情迟早仍要转变为亲情式爱情。我相信，认清了婚姻以亲情式爱情为基础的必然性和必要性，人们对于自身婚姻现状的评价就会客观一些，一旦面临去留的抉择，也就会慎重得多。

## 5

人们之所以视婚姻与爱情为彼此冲突，一个重要原因便是对爱情的理解过于狭窄，仅限于男女之间的浪漫之情。这种浪漫之情依赖于某种奇遇和新鲜感，其表现形式是一见钟情，销魂断肠，如痴如醉，难解难分。这样一种感情诚然也是美好的，但肯定不能持久，并且这与婚姻无关，即使不结婚也一样持久不了。因为一旦持久，任何奇遇都会归于平凡，任何陌生都会变成熟悉。试图用婚姻的形式把这种浪漫之情延续下去，结果当然会失败，但其咎不在婚姻。

如果我们把爱情理解为男女之间的极其深笃的感情，那么，我们就会看到，它绝不仅限于浪漫之情，事实上还有别样的形态。一般来说，浪漫之情往往存在于婚姻前或婚姻外，至多还存在于婚姻的初期。随着婚龄增长，浪漫之情必然会递减，然而，倘若这一结合的质量确实是好的，就会有另一种感情渐渐生长起来。这种新的感情由原来的恋情转化而来，似乎不如恋情那么热烈和迷狂，却有了恋情所不具备的许多因素，最主要的便是在长期共同生活中形成的互相的信任感、行为方式上的默契、深切的惦念以及今生今世的命运与共之感。我们不妨把这种感情看作亲情的一种,不过它不同于血缘性质的亲情,而的确是在性爱基础上产生的亲情。我认为它完全有资格被承认为爱情的一种形态,而且是一种成熟的形态。为了与那种浪漫式的爱情相区别,我称之为亲情式的爱情。婚姻中的爱情,便是以这样的形态存在的。按照这一思路,婚姻就不但不是爱情的坟墓,反倒是爱情——亲情式的爱情——生长的土壤了。

## 6

问已婚男人一个问题:在这个世界上,最使你心旌摇曳的女人是谁?你说不是你老婆?很正常,你不必惭愧,这并不说明你不爱你老婆。再问一个问题:在这个世界上,你觉得你最亲的亲人是谁?你说是你老婆?很好,这就够了,这说明你仍然很爱你老婆。

# 我眼中的好女人

## 1

一个真正有魅力的女人,她的魅力不但能征服男人,而且也能征服女人。因为她身上既有性的魅力,又有人的魅力。

好的女人是性的魅力与人的魅力的统一。好的爱情是性的吸引与人的吸引的统一。好的婚姻是性的和谐与人的和谐的统一。

性的诱惑足以使人颠倒一时,人的魅力方能使人长久倾心。

## 2

大艺术家兼有包容性和驾驭力,他既能包容广阔的题材和多样的风格,又能驾驭自己的巨大才能。

好女人也如此。她一方面能包容人生丰富的际遇和体验,其中包括男人们的爱和友谊,另一方面又能驾驭自己的感情,不流于轻浮,不会在情欲的汪洋上覆舟。

## 3

我对女人的要求与对艺术一样：自然，质朴，不雕琢，不做作。对男人也是这样。

女性温柔，男性刚强。但是，只要是自然而然，刚强在女人身上，温柔在男人身上，都不失为美。

## 4

问：你最喜欢异性身上的什么特点？

答：温柔，聪慧，善解人意。单纯一点，不要太功利，女人一功利就特别俗。当然，我摆脱不了男人的偏见，还喜欢女人漂亮。

## 5

我所欣赏的女人，有弹性，有灵性。

弹性是性格的张力。有弹性的女人，性格柔韧，伸缩自如。她善于妥协，也善于在妥协中巧妙地坚持。她不固执己见，但在不固执中自有一种主见。

都说男性的优点是力，女性的优点是美。其实，力也是好女人的优点。区别只在于，男性的力往往表现为刚强，女性的力往往表现为柔韧。弹性就是女性的力，是化作温柔的力量。

弹性的反面是僵硬或软弱。和僵硬的女人相处，累。和软弱的女人相处，也累。相反，有弹性的女人既温柔，又洒脱，使人感到双倍的轻松。

如果说爱是一门艺术，那么，弹性便是善于爱的女子固有的艺术气质。

## 6

灵性是心灵的理解力。有灵性的女人天生慧质，善解人意，善悟事物的真谛。她极其单纯，在单纯中却有一种惊人的深刻。

如果说男性的智慧偏于理性，那么，灵性就是女性的智慧，它是和肉体相融合的精神，未受污染的直觉，尚未蜕化为理性的感性。

灵性的反面是浅薄或复杂。和浅薄的女人相处，乏味。和复杂的女人相处，也乏味。有灵性的女人则以她的那种单纯的深刻使我们感到双倍的韵味。

所谓复杂的女人，既包括心灵复杂，工于利益的算计，也包括头脑复杂，热衷于抽象的推理。在我看来，两者都是缺乏灵性的表现。

## 7

其实，弹性和灵性是不可分的。灵性其内，弹性其外。

心灵有理解力，接人待物才会宽容灵活。相反，僵硬固执之辈，天性必愚钝。

灵性与弹性的结合，表明真正的女性智慧也具一种大器，而非琐屑的小聪明。智慧的女子必有大家风度。

## 8

有灵性的女子最宜做天才的朋友，她既能给天才以温馨的理解，又能纠正男性智慧的偏颇。在幸运天才的生涯中，往往有这类女子的影子。未受这类女子滋润的天才，则每每因孤独和偏执而趋于狂暴。

## 9

大自然的安排是要男人和女人互相依赖的，谁也离不了谁。由男人的眼光看，一个太依赖的女人是可怜的，一个太独立的女人却是可怕的，和她们在一起生活都累。最好是既独立，又依赖，人格上独立，情感上依赖，这样的女人才是可爱的，和她一起生活既轻松又富有情趣。

## 10

虚荣难免，有一点无妨，还可以给人生增添色彩，但要适可而止。为了让一个心爱的女人高兴，我将努力去争取成功。然而，假如我失败了，或者我看穿了名声的虚妄而自甘淡泊，她仍然理解我，她在我眼中就更加可敬了。男人和女人之间，毕竟有比名声或美貌更本质更长久的东西存在着。

## 11

好女人也善于保护自己，但不是靠世故，而是靠灵性。她有正确的直觉，这正确的直觉是她的忠实的人生导师，使她在非其同类面前本能地引起警觉，报以不信任。

## 12

如果一个年轻女性来问我，青春不能错过什么，要我举出十件必须做的事，我大约会这样列举：

一、至少恋爱一次，最多两次。一次也没有，未免辜负了青春。但真恋爱不容易，超过两次，就有赝品之嫌。

二、交若干好朋友，可以是闺中密友，也可以是异性知音。

三、学会烹调，能烧几样好菜。重要的不是手艺本身，而是从中体会日常生活的情趣。

四、每年小旅行一次，隔几年大旅行一次，增长见识，拓宽胸怀。

五、锻炼身体，最好有一种自己喜欢、能够持之以恒的体育项目。

六、争取受良好的教育，精通一门专业知识或技能，掌握足以维持生存的看家本领。尽量按照自己的兴趣选择职业。

如果做不到，就以敬业精神对待本职工作，同时在业余发展自己的兴趣。

七、养成高品位的读书爱好，读一批好书，找到属于自己的书中知己。

八、喜欢至少一种艺术，音乐、舞蹈、绘画都行，可以自己创作和参与，也可以只是欣赏。

九、养成写日记的习惯。它可以帮助你学会享受孤独，在孤独中与自己谈心。

十、经历一次较大的挫折而不被打败。只要不被打败，你就会变得比过去强大许多倍。

不经历这么一回，你不会知道自己其实多么有力量。

## 欣赏另一半

一个女精神分析学家告诉我们：精子是一个前进的箭头，卵子是一个封闭的圆圈，所以，男人好斗外向，女人温和内向。她还告诉我们：在性生活中，女性的快感是全身心的，男性的快感则集中于性器官，所以，女性在整体性方面的能力要高于男性。

一个男哲学家告诉我们：男人每隔几天就能产生出数亿个精子，女人将近一个月才能产生出一个卵子，所以，一个男人理应娶许多妻子，而一个女人则理应忠于一个丈夫。

都是从性生理现象中找根据，结论却互相敌对。

我要问这位女精神分析学家：精子也很像一条轻盈的鱼，卵子也很像一只迟钝的水母，这是否意味着男人比女人活泼可爱？我还要问她：在性生活中，男人射出精子，而女人接受，这是否意味着女性的确是一个被动的性别？

我要问这位男哲学家：在一次幸运的性

交中，上亿个精子里只有一个被卵子接受，其余均遭淘汰，这是否意味着男人在数量上过于泛滥，应当由女人来对他们加以筛选而淘汰掉大多数？

我真正要说的是：性生理现象的类比不能成为性别褒贬的论据。

在日常生活中，我们也常常会听到在男女之间分优劣比高低的议论，虽然不像这样披着一层学问的外衣。两性之间在生理上和心理上的差异是一个明显的事实，否认这种差异当然是愚蠢的，但是，试图论证在这种差异中哪一性更优秀却是无聊的。正确的做法是把两性的差异本身当作价值，用它来增进共同的幸福。

超出一切性别论争的一个事实是，自有人类以来，男女两性就始终互相吸引和寻找，不可遏止地要结合为一体。对于这个事实，柏拉图的著作里有一种解释：很早的时候，人都是双性人，身体像一只圆球，一半是男一半是女，后来被从中间劈开了，所以每个人都竭力要找回自己的另一半，以重归于完整。我曾经认为这种解释太幼稚，而现在，听多了现代人的性别论争，我忽然领悟了它的深刻的寓意。

寓意之一：无论是男性特质还是女性特质，孤立起来都是缺点，都造成了片面的人性，结合起来便都是优点，都是构成健全人性的必需材料。譬如说，如果说男性刚强，女性温柔，那么，只刚不柔便成脆，只柔不刚便成软，刚柔相济才是韧。

寓意之二:两性特质的区分仅是相对的,从本原上说,它们并存于每个人身上。一个刚强的男人也可以具有内在的温柔,一个温柔的女人也可以具有内在的刚强。一个人越是蕴含异性特质,在人性上就越丰富和完整,也因此越善于在异性身上认出和欣赏自己的另一半。相反,那些为性别优劣争吵不休的人(当然更多是男人),容我直说,他们的误区不只在理论上,真正的问题很可能出在他们的人性已经过于片面化了。借用柏拉图的寓言来说,他们是被劈开得太久了,以至于只能僵持于自己的这一半,认不出自己的另一半了。

## 爱情的容量

**1**

我不相信人一生只能爱一次,我也不相信人一生必须爱许多次。次数不说明问题。爱情的容量即一个人的心灵的容量。你是深谷,一次爱情就像一道江河,许多次爱情就像许多浪花。你是浅滩,一次爱情只是一条细流,许多次爱情也只是许多泡沫。

**2**

给爱情划界时不妨宽容一些,以便为人生种种美好的遭遇保留怀念的权利。

让我们承认,无论短暂的邂逅,还是长久的纠缠,无论相识恨晚的无奈,还是终成眷属的有情,无论倾注了巨大激情的冲突,还是伴随着细小争吵的和谐,这一切都是爱情。每个活生生的人的爱情经历不是一座静止的纪念碑,而是一道流动的江河。当我们回顾往事时,我们自己不必否认、更不该要求对方否认其中任何一段流程、一条支流或一朵浪花。

## 3

一个人的爱情经历并不限于与某一个或某几个特定异性之间的恩恩怨怨,而且也是对于整个异性世界的总体感受。

爱情不是人生中一个凝固的点,而是一条流动的河。这条河中也许有壮观的激流,但也必然会有平缓的流程,也许有明显的主航道,但也可能会有支流和暗流。除此之外,天上的云彩和两岸的景物会在河面上映出倒影,晚来的风雨会在河面上吹起涟漪,打起浪花。让我们承认,所有这一切都是这条河的组成部分,共同造就了我们生命中的美丽的爱情风景。

## 4

爱情不论短暂或长久,都是美好的。甚至陌生异性之间毫无结果的好感,定睛的一瞥,朦胧的激动,莫名的惆怅,也是美好的。因为,能够感受这一切的那颗心毕竟是年轻的。生活中若没有邂逅以及对邂逅的期待,未免太乏味了。人生魅力的前提之一是,新的爱情的可能性始终向你敞开着,哪怕你并不去实现它们。如果爱情的天空注定不再有新的云朵飘过,异性世界对你不再有任何新的诱惑,人生岂不太乏味了?

## 5

不要以成败论人生,也不要以成败论爱情。

现实中的爱情多半是失败的,不是败于难成眷属的无奈,就是败于终成眷属的厌倦。然而,无奈留下了永久的怀念,厌倦激起了常新的追求,这又未尝不是爱情本身的成功。

说到底,爱情是超越于成败的。爱情是人生最美丽的梦,你能说你做了一个成功的梦或失败的梦吗?

## 6

爱情既是在异性世界中的探险,带来发现的惊喜,也是在某一异性身边的定居,带来家园的安宁。但探险不是猎奇,定居也不是占有。毋宁说,好的爱情是双方以自由为最高赠礼的洒脱,以及决不滥用这一份自由的珍惜。

## 7

我主张对爱情的评判持宽松的标准。爱情的形态是多种多样的,是最不能一律的。只要是两情相悦,不以利益为目的,就都是美好的。

## 8

有邂逅才有人生魅力。有时候,不必更多,不知来自何方的脉脉含情的一瞥,就足以驱散岁月的阴云,重新唤起我们对幸福的信心。

图书在版编目（CIP）数据

成长是一件孤独的事 / 周国平著 . -- 北京 : 中国青年出版社 , 2015.9（2023.5 重印）
ISBN 978-7-5153-3817-0

Ⅰ . ①成… Ⅱ . ①周… Ⅲ . ①散文集－中国－当代 Ⅳ . ① I267

中国版本图书馆 CIP 数据核字 (2015) 第 211879 号

# 成长是一件孤独的事
周国平 著

责任编辑：王飞宁　贺则宇
内文图片：俞洁
装帧设计：今亮後聲 HOPESOUND 2580590616@qq.com
出版发行：中国青年出版社
社　　址：北京市东城区东四十二条 21 号
网　　址：www.cyp.com.cn
编辑中心：010－57350504
营销中心：010－57350370
印　　装：北京科信印刷有限公司
经　　销：新华书店
规　　格：880mm×1230mm　1/32
印　　张：9
字　　数：100 千
版　　次：2016 年 1 月北京第 1 版
印　　次：2023 年 5 月北京第 14 次印刷
印　　数：105001－110000 册
定　　价：49.00 元

如有印装质量问题，请凭购书发票与质检部联系调换
联系电话：010－57350337